CANUDOS:
DE ANTONIO CONSELHEIRO A LULA DA SILVA

Pedro Vasconcellos

© 2020 Pedro Vasconcellos
Kotter Editorial
Direitos reservados e protegidos pela lei 9.601 de 19.02.1998.
É proibida a reprodução total ou parcial sem autorização, por escrito, das editoras.

coordenação editorial
Sálvio Nienkötter e Leonardo Attuch

editor-adjunto
Raul K. Souza

capa
Jussara Salazar

capa interna: gravura "Belo Monte vivo"
Taciana Vasconcellos

projeto gráfico
Isadora M. Castro Custódio

produção
Cristiane Nienkötter

Dados Internacionais de Catalogação na Publicação (CIP)
Angélica Llacqua CRB-8/7057

Vasconcellos, Pedro
    Canudos: de Antonio Conselheiro a Lula da Silva / Pedro Vasconcellos – Curitiba : Kotter Editorial; Editora 247, 2020.
    221 p.

ISBN 978-65-80103-92-8

1. Brasil – História 2. Brasil - História - Guerra de Canudos, 1897 I. Título

20-1318   CDD 981

Kotter Editorial
Rua das Cerejeiras, 194
82700-510 | Curitiba/PR
+55 41 3585-5161
www.kotter.com.br | contato@kotter.com.br

1ª edição
2020

CANUDOS:
DE ANTONIO CONSELHEIRO A LULA DA SILVA

BELO MONTE
CANUDOS
BELO MONTE
CANUDOS
BELO MONTE

Pedro Vasconcellos

Prefácio

A terra, o homem, a luta - o povo de Conselheiro e Luiz Inácio

Conheci Pedro Lima Vasconcellos em uma sala de aula. Ele professor, eu aluno. Na saudosa Escola Dominicana de Teologia (EDT), na primeira década do século.

Fiquei extasiado com aquele homem que nos apresentava a Bíblia como nunca tínhamos lido antes, desvelando a história oculta a nossos olhos, palavra por palavra, frase por frase.

Por isso, quando ele me procurou, perto da virada de 2018 para 2019, ao saber do recém-lançado canal Paz e Bem, disposto a ajudar, a fazer algo, logo me ocorreu propor um curso sobre a Bíblia.

Com delicadeza ele me conduziu para outra história, longe de Israel, mas com uma dimensão igualmente bíblica.

Pedro falou-me de seu mergulho na história de Canudos, ou melhor, do Belo Monte de Antonio Conselheiro e de seus livros sobre o tema* e propôs um curso sobre esse assunto.

---

*Os livros de Pedro Lima Vasconcellos sobre Canudos-Belo Monte são:
  1) *Missão de guerra: capuchinhos no Belo Monte de Antonio Conselheiro*. Maceió: Edufal, 2014.
  2) *O Belo Monte de Antonio Conselheiro: uma invenção "biblada"*. Maceió: Edufal, 2015.
  3) *Antonio Conselheiro por ele mesmo*. São Paulo: É Realizações, 2017. São 2 volumes:
  Vol. 1: Antonio Vicente Mendes Maciel. *Apontamentos dos preceitos da divina lei de nosso senhor Jesus Cristo, para a salvação dos homens*. Caderno manuscrito, Belo Monte, 1895 (organização, introdução e notas);
  Vol. 2: *Arqueologia de um monumento: os apontamentos de Antonio Conselheiro*. São Paulo: É Realizações, 2017 (estudo analítico).

Algo diferente, como meu professor sempre o fez e faz: olhar a história das gentes de Conselheiro a partir de sua jornada de espiritualidade e da reação das elites ao projeto de uma espiritualidade profundamente terrenal dos sertanejos despertos dos séculos de dominação sob as botas dos coronéis e as batinas da hierarquia católica.

Um curso que dialogasse criticamente com *Os sertões*, de Euclides da Cunha, com as produções mais recentes sobre o tema e que buscasse encontrar os ecos de uma saga que, do sertão do século XIX, ainda lança suas luzes e sombras sobre o país no século XXI.

Que desafio!

E fazer tudo isso num meio-mídia nova, num ambiente diferente das salas de aula às quais Pedro está afeito, equilibrando o rigor acadêmico com a necessária acessibilidade de um curso "a céu aberto" nas redes sociais.

Logo no início do caminho, um aluno inesperado fez-se presente. De seu cárcere em Curitiba, Luiz Inácio Lula da Silva passou a assistir às aulas. Interrogou-nos, sugeriu, escreveu, mandou recados, pediu o livro que deu base ao curso *(O Belo Monte de Antonio Conselheiro -uma invenção "biblada")*. Lula entrou e mudou a trajetória do curso, como tem mudado os destinos e a história do país, um Conselheiro pós-moderno – Pedro relata isso em detalhes mais adiante.

Quanto descobrimos!

Pensávamos que Conselheiro era um ignorantão, um fanático; mas fomos apresentados a um intelectual, um homem capaz de liderança e profecia.

Aprendemos que o Exército da República fundou-se massacrando uma parcela muito cara do povo brasileiro, os sertanejos e sertanejas do Nordeste profundo.

Espantamo-nos com a riqueza, complexidade e pluralidade de uma vila, o Belo Monte de Antonio Conselheiro, onde conviviam crentes e não crentes, sertanejos e indígenas, além de homens e mulheres que até poucos anos antes eram mantidos como escravos.

Entendemos como o Belo Monte de Antonio Conselheiro e o Brasil de Lula têm muito em comum. Tanto no sonho do povo pobre quanto na reação de ódio das elites.

Como aprendemos!

O que era verbo no Paz e Bem tornou-se escritura.

O que você tem em mãos é o texto. Se quiser, pode assistir ou reassistir ao verbo indo até o canal Paz e Bem.

Uma viagem à terra, à mulher, ao homem, à luta, ao tempo, ao coração, e à espiritualidade do povo sertanejo-brasileiro: antes de tudo, um forte.

Paz e Bem

Mauro Lopes

Igreja do Bom Jesus, em Crisópolis, Bahia, construída por Antônio Conselheiro

Apresentação

Corria o ano de 1893, ou seja, pouco menos de quatro anos após a proclamação da República, e passados cinco anos da abolição oficial da escravatura, quando Antonio Vicente Mendes Maciel, já conhecido como Antonio Conselheiro, se estabeleceu em Canudos, situada às margens de um rio, o Vaza-barris, no nordeste do sertão baiano. A essa época a pequena vila deveria ser composta por uns duzentos e cinquenta moradores, não mais que isso. No final deste ano este número teria chegado a uns mil...

Tudo indica que Antonio Conselheiro já havia passado por ali alguns anos antes, por volta de 1885 e, ao ver que a igrejinha local, dedicada a santo Antonio, andava mal conservada, teria prometido aos moradores que voltaria lá em outra oportunidade para reconstruí-la. Este é um movimento importante, que reaparecerá algumas vezes mais à frente: refiro-me à arquitetura e à engenharia das edificações que Antonio Conselheiro erigiu: igrejas, cemitérios e açudes, entre outras obras, ao longo de vários anos, antes de se estabelecer em Canudos. Quanto a isso, sabe-se que em meados dos anos 1870, o Conselheiro teria dito a autoridades que o haviam aprisionado que não se ocupava de outra coisa senão de recolher pedras pelas estradas, disposto que estava para edificar igrejas. Ele realmente soergueu muitas; dentre elas uma referência é a matriz de Crisópolis, interior da Bahia.

Contudo o Conselheiro acabou retornando a Canudos apenas oito anos após promessa feita, de maio para junho do referido

1893, devido às ofensivas do governo estadual contra ele, peregrino convicto até então, cultivando uma vida itinerante na companhia das pessoas que o acompanhavam.

O motivo que o levava para Canudos, dentre em breve o Belo Monte, estava ligado ao fato de a República recém-implantada ter autorizado a criação de novos impostos municipais, alguns deles incidentes sobre a parcela mais carente da população. O Conselheiro tomou a defesa dessas pessoas, sustentando-as na disposição de não pagar tais tributos. Por conta disso a força da repressão se voltou contra ele, que então percebeu: não mais poderia manter aquela vida itinerante que levava já fazia quase vinte anos.

Sendo assim, ele se deslocou para a antiga vila de Canudos. Conta a tradição que sua chegada ocorreu no dia 13 de junho de 1893, dia de Santo Antônio. Ora, recorde que a igrejinha de Canudos era dedicada a santo Antônio. E o Conselheiro é Antonio. Uma feliz convergência: ele foi recebido com festa. Chegou com seu séquito, que devia ser então formado por algumas dezenas de pessoas, ali se instalou e rebatizou o local: Belo Monte.

Assim, Belo Monte é o nome do arraial que o Conselheiro lidera; Belo Monte é a expressão dessa busca e a criação de uma alternativa efetiva para essa gente pobre e miserável do sertão. Gente que quase instantaneamente fará com que o vilarejo aumente de tamanho e comece a incomodar os poderosos da região. Num crescendo se tornará um problema de dimensões nacionais e mesmo internacionais. Por isso a República nunca aceitou o nome Belo Monte, por isso a documentação toda vai registrar Canudos, Canudos, Canudos...

Belo Monte é emblemático na história brasileira, ao mostrar que o projeto republicano instalado em 1889 foi um processo conduzido pelas elites que, preocupadas com alguma mudança efetiva que pudesse acontecer na estrutura sociopolítica, por conta da abolição da escravatura, perpetraram um golpe. Nada a estranhar: um escritor perspicaz da época, Aristides Lobo, constatou que, naquele 15 de novembro de 1889, no Rio de Janeiro as pessoas saíram às ruas, por conta de uma movimentação diferente na cidade, um desfile militar fora de contexto, e estranharam que houvesse tal evento em um dia que não era feriado. Acabaram por assistir àquilo tudo "bestializadas"; eis a expressão que Aristides utilizou para retratar o espanto das pessoas diante do que, no fim das contas, dizia respeito a uma troca, uma troca de regime!

Os dois primeiros governos republicanos foram comandados por marechais: Deodoro e Floriano. A chamada guerra de Canudos – ou, com a precisão devida, guerra *contra* o Belo Monte – acontecerá no meio do primeiro governo civil, o de Prudente de Moraes, que agiu pressionado por políticos e militares "florianistas", que haviam dado as cartas em todo o tempo do governo anterior. Agora exigiam que fosse reprimido, sem dó nem piedade, o empreendimento do Belo Monte, alegando que o presidente era prudente demais... Havia entre o fim de 1896 e 1897, ano em que basicamente a guerra aconteceu, uma disputa entre grupos políticos diferentes, e neste cenário o Belo Monte será apresentado como pivô de uma conspiração para a restauração da monarquia.

Florianistas ordenam que os monarquistas sejam derrotados, extintos. Jornais são fechados, líderes monarquistas são mortos, entre outras ofensivas. No final da guerra, quando tinha ficado claro que a conspiração monarquista do Belo Monte não era mais que uma farsa, estes setores da linha dura do exército foram colocados a escanteio, e o poder então se consolidou na mão da burguesia cafeeira paulistana, da qual Prudente de Morais era representante. Aí se dá o início da chamada república café-com-leite.

Mas a tutela do exército permanece, tal como é possível entrever em repetições que não são meras coincidências em relação ao que assistimos em nossos dias.

* * *

O grande divulgador, que impôs definitivamente este tema à consciência nacional, não foi outro que Euclides da Cunha, ao dar à luz sua obra-prima *Os Sertões: campanha de Canudos*. Com este empreendimento Canudos se inscreveu e atravessou o século XX, entrando firme no século XXI, enquanto Belo Monte, como nome, expressão e projeto, ficou recalcado, colocado de lado. Devemos trazê-lo para o centro das nossas atenções. E importa visitar tais acontecimentos para que seja possível revisar o entendimento euclidiano a respeito do assunto. Na verdade, é preciso realizar a tarefa apontada há décadas pelo falecido professor José Calasans, grande renovador dos estudos sobre nosso tema: retirar o Belo Monte de Antonio Conselheiro da gaiola de ouro em que Euclides o havia metido. Tarefa gigantesca e desafiadora, que o próprio Calasans não chegou a cumprir totalmente. Não há como negar que é pela via d'*Os sertões*, ou por alguma das inúmeras repercussões de sua obra, que as pessoas, em geral, ficam sabendo do assunto, têm a informação de que alguma coisa aconteceu. É interessante, por exemplo, verificar como por este caminho vários enredos de escola de samba tematizam Belo Monte: "os jagunços lutaram até o final / defendendo Canudos naquela guerra fatal..." A vila do Conselheiro virou filme, virou outros livros. Recorde-se, por exemplo, o peruano Mario Vargas Llosa, que escreveu *A guerra do fim do mundo* baseado na obra de Euclides.

Os sertões impõe o tema, mas também uma tomada de posição a respeito dele. Euclides participou como jornalista, acompanhando os últimos dias da guerra, e já encontrou Belo Monte praticamente destruído; não o conheceu no vigor de seu dia-a-dia tão enérgico e esperançoso para sua gente. Ele chegou ao vilarejo movido pelos ideais de progresso e de desenvolvimento que a República encarnava; esta era sua convicção. Mas ao mirar o combate, ele, que apostava tanto no regime recém-implantado como expressão de um novo tempo rumo ao progresso, ficou impactado com a brutalidade do massacre. Concomitantemente, porém, ele se mantinha convicto de que o Belo Monte não tinha lugar num país que precisava caminhar para frente e superar o atraso. Aquele arraial era inviável, requeria uma luta, afirma Euclides. Não a das armas, com certeza, mas de toda forma uma luta contra aquilo que ele simbolizava. A depreensão é inevitável: o progresso no Brasil há de se construir às custas do sacrifício do povo mais pobre, do povo mais carente de tudo, quanto a seus valores, convicções e esperanças. Essa interpretação de Euclides precisa ser questionada, calcada que está em preconceitos e num precaríssimo entendimento do lugar da cultura popular, especificamente da religião popular, no laço social com suas complexidades e tensões.

* * *

Outro elemento deve ser destacado aqui na perspectiva do entendimento da história em suas longas durações, evidenciando a atualidade do simbolismo de Canudos, o Belo Monte de Antonio Conselheiro. Na iminência de ser preso, o ex-presidente Luiz Inácio Lula da Silva fez uma alusão, em janeiro de 2018, ao fato de que o então presidente do Tribunal Regional Federal da

4ª região (o TRF-4), o mesmo tribunal que não só sacramentaria sua condenação, mas aumentaria sua pena de nove para doze anos, tinha entre seus antepassados um dos líderes militares que participaram da guerra contra o Belo Monte. Naquela oportunidade Lula sublinhou que o desembargador em questão era bisneto do general Flores, que invadiu Canudos e matou Antonio Conselheiro. As referências históricas não eram exatas, mas o importante é que houve um militar, Thompson Flores, que participou dos combates contra o Belo Monte de Antonio Conselheiro. Todavia, tanto ele como seus companheiros de brutalidade são tomados como heróis da pátria, e deles seus descendentes, incluído o desembargador que é seu sobrinho-trineto, parecem orgulhar-se...

Ou seja, o que importa na citação de Lula não é a exatidão histórica das referências genealógicas, mas o fato de ela assinalar que temos hoje, particularmente no processo do qual ele é vítima, a repetição de uma mesma lógica, aquela expressa magistralmente por Ariano Suassuna. Tomando duas expressões de Machado de Assis, o genial mestre paraibano falava frequentemente da guerra contra o Belo Monte como expressão reiterada de algo que acontece sempre: o "Brasil oficial", caricato, burlesco, arrogante, destruindo brutalmente o "Brasil real" da sua gente simples, esperançosa, generosa. Ao lembrar o parentesco registrado no sobrenome comum "Thompson Flores", Lula advertia que se pode e deve tomar o processo que fez a vida e a destruição do Belo Monte como uma inspiração para entender muito das dinâmicas sociopolíticas que estamos vivendo hoje. Ele apontava para a permanência de uma lógica perversa que preside a relação dos setores dominantes na sociedade brasileira com seu povo, algo que, a meu ver, foi sintetizado muito bem por Jessé Souza no título de um de seus trabalhos: *A elite do atraso*. É por isto que os capítulos finais do presente livro exploram esta aproximação tão densa e relevante que o próprio Lula estabeleceu entre a saga do Belo Monte e a sua de perseguido político, e tratam de amplificá-la.

Então, sem que ninguém largue a mão de ninguém, é hora de mergulhar em Canudos, o Belo Monte de Antônio Conselheiro. Apoio-me em alguns elementos que começaram a ser apontados principalmente a partir dos anos 1950, quando ainda eram vivos alguns sobreviventes da guerra, que moravam na segunda Canudos, ou seja, na vila que foi construída depois do massacre. Também se destacam alguns trabalhos que buscam colocar sob escrutínio aquela versão euclidiana a respeito do assunto. A consulta a esse material permitirá pensar o Belo Monte nos processos que levaram a sua formação e nas características mais destacadas de seu cotidiano, sem ignorar a guerra, que é o foco pelo qual a maioria das pessoas se achega ao assunto. Ou seja, o Belo Monte acaba sendo pensado a partir da sua inviabilização pelo tal "Brasil oficial" de que fala Ariano Suassuna. Mas quero aqui sublinhar o Belo Monte vivo, estabelecido como alternativa efetiva aos poderes dos barões, dos coronéis, da própria Igreja Católica, alternativa que se mostrou viável até o momento em que esta elite decidiu por sua destruição. O desaparecimento do Belo Monte não foi fruto de nenhuma fatalidade fortuita ou lei da natureza, mas resultou tão somente de uma covardia brutal, advinda de processos complexos de dominação dos jogos de poder nas diversas sociedades humanas, historicamente instalados desde a constituição desta identidade chamada Brasil.

Se visitarmos o Belo Monte em seu vigor e na forma de sua gente, vamos encontrar vozes que cantarão o arraial como uma reedição da bíblica "terra da promissão". Vamos encontrar o Conselheiro tratando de muito ler e escrever, e ensinar... Das suas inspiradoras palavras temos os registros de cadernos manuscritos datados de 1895 e 1897, respectivamente; temos de encontrá-los e refletir sobre seus conteúdos em conexão com a obra maior liderada pelo próprio Conselheiro: a edificação de uma cidade, com igrejas, casinholas e praças, a distribuição dos mantimentos dos bens aos pobres, organização de renovadas formas de trabalho; enfim, alimentação de esperanças para hoje e amanhã, aqui e no além.

Mas encontraremos também a atuação de um frade capuchinho, João Evangelista de Monte Marciano, que chefia uma missão religiosa a mando do arcebispo da Bahia, em entendimento com o governo do estado, para tentar convencer as pessoas a abandonarem o Belo Monte, voltando a seus lugares de origem e às situações precárias de vida, das quais haviam tratado de se livrar. Mas a população fica indignada e é o missionário que se vê obrigado a se retirar. Retornando a Salvador, ele escreve um relatório e o dirige às autoridades, pedindo a intervenção das forças repressivas para que a "ordem" e o "progresso" voltem a ser as referências da região. Começava a criação do "fantasma Canudos", que logo haveria de assombrar em nível nacional: sem este processo não entendemos por que o exército vai se organizar com soldados vindos de praticamente todos os estados do Brasil para combater o Belo Monte.

Com esse percurso feito, será possível uma aproximação renovada a *Os sertões*. Assim como será viável também compreender como se construiu entre Antonio Conselheiro e a gente que ele liderou uma aliança que, longe de se estabelecer com o propósito de combater a República, se edificou em termos de visões de mundo que convergiam na constituição de uma efetiva alternativa ao desamparo e ao descaso, em abertura a um horizonte transcendente. Do outro lado se entende a associação entre as altas figuras da Igreja Católica, instituição com maciço poder, presença histórica e radicalmente assentada na sociedade brasileira, e os agentes políticos que haviam estabelecido um novo regime que, justamente, determinava a separação entre Estado e Igreja. A guerra contra o Belo Monte foi momento privilegiado para que voltassem a se dar as mãos e assim inviabilizar as genuínas saídas para soluções criativas de um contingente popular lutando contra a miséria e por esperanças no hoje e no porvir.

Então, vamos lá. Para animar o caminho, cito Machado de Assis: "Que Conselheiro? O Conselheiro. Não lhe ponha nome algum, que é sair da poesia e do mistério". Vale o mesmo para o Belo Monte de sua gente.

* * *

Ainda há algo, antes de começar a viagem. O conteúdo deste livro resulta de um curso veiculado nos dois primeiros meses de 2019 pelo Canal Paz e Bem, do jornalista e querido amigo Mauro Lopes, e retransmitido pela pós-TV 247, ambos na plataforma do YouTube: "Canudos, o Belo Monte de Antonio Conselheiro". Os diálogos com Mauro, cordiais, generosos e instigantes, bem como com o público qualificado que nos acompanhou nos encontros ao vivo, com observações e questionamentos, ganham aqui seu registro escrito. Portanto, o que vem a seguir conserva, até onde seja possível, traços da coloquialidade que marcaram aqueles momentos memoráveis, acompanhados desde o cárcere por ninguém menos que Lula, a quem agradeço pela presença, decisiva inclusive na ampliação dos contornos inicialmente pensados para esta jornada. Ao Mauro, pela prontidão em abrir em seu canal a oportunidade para a realização de um empreendimento desta envergadura, novidade para mim e para ele, e pelos desdobramentos dele decorrentes, entre os quais este livro, meu muitíssimo obrigado. Sálvio, "meu editor", e Viviane atuaram dedicados em trabalhos relativos à degravação das aulas, na leitura e indicação de sugestões em vistas à forma que o texto haveria de assumir. A eles estendo minha gratidão.

Mas cumplicidade de Taciana, o meu amor, companheira da vida, leitora tão esmerada quanto exigente, atravessa todos os lances de que este livro é tributário. Palavras não há que possam dizer do quanto ele lhe deve.

À jornada, portanto.

Sumário

I. Para ler o Belo Monte de Antonio Conselheiro	21
II. Formação, cotidiano e aniquilamento do Belo Monte	41
III. A terra da promissão em vozes sertanejas	63
IV. A obra do "Peregrino": letra e voz	79
V. A inviabilização do Belo Monte: o lugar da hierarquia católica	103
VI. Tessitura e contorções de uma escultura literária	127
VII. A destruição do Belo Monte em nome da ordem e do progresso	151
VIII. "A história não é aquela..."	173
IX. No meio do caminho havia uma toga...	187
Veredas	201
Notas e Indicações Bibliográficas	217

No centro da praça do povoado um cruzeiro, e ao fundo a igreja de santo Antonio, bastante danificada pelos ataques.

I

Para ler o Belo Monte de Antonio Conselheiro

Os registros do que houve com Canudos, ou melhor, com o Belo Monte de Antonio Conselheiro, ampliaram-se e armazenaram-se ao longo do século 20 até chegar a nossos dias. Basicamente eles se dividem em dois momentos; aqui darei mais atenção ao segundo deles.

O primeiro momento vai até mais ou menos 1947, e se inicia com trajetória do Belo Monte entre 1893, ano da sua fundação, e 1897, ano em que ele é dizimado brutalmente pelo Exército brasileiro, alguns dias após a morte do Conselheiro, com 67 anos de tão peculiar e admirável trajetória, que considerarei no momento oportuno. Os anos que separam 1897 e 1947 compõem um período no qual, de modo geral, Canudos não era outra coisa que "um capítulo na biografia de Euclides da Cunha". Esta expressão é do já mencionado professor José Calasans, com quem vamos nos encontrar logo adiante de forma mais detida. Portanto, até 1947, o tema Canudos só era conhecido porque as pessoas tinham em casa o livro *Os Sertões: campanha de Canudos*, de Euclides da Cunha, embora em geral sequer o lessem. De toda forma, ele cumpria o papel de um signo da cultura de quem o possuía. Canudos era então tratado, ou era conhecido, pelo fato de que Euclides da Cunha tinha estado lá e, movido pelos efeitos dos últimos dias da guerra, produziu a monumental obra da literatura brasileira. Esse estado de coisas, no entanto, começou a se alterar e ganhou novo movimento quando, em 1947, o jornalista Odorico Tavares fez publicar na revista *O*

Cruzeiro um conjunto de reportagens, que depois veio a compor o livro *Bahia, imagens da terra e do povo*, de 1951. O conjunto foi reeditado posteriormente (1993) com o título *Canudos: 50 anos depois*, mas infelizmente continua pouco conhecido, e é de difícil acesso.

Odorico Tavares foi a Canudos em busca das memórias, das ruínas, de saber o que teria sobrado daquela vila ou daquela região que ficara nacionalmente conhecida pela via da produção literária de Euclides da Cunha. Acompanhou-o nessa empreitada o fotógrafo Pierre Verger, um francês que praticamente se fez brasileiro e se converteu ao candomblé. Verger, que ocupa lugar de destaque na historiografia baiana, acabou por exercer um papel fundamental na iconografia de Canudos.

Estas reportagens representaram um marco, entre outras razões, porque, ao conversar com sobreviventes lá encontrados, Odorico nota, entre as descrições, considerações e memórias de sobreviventes que registra, que algumas destas destoavam daquilo que Euclides dizia de Canudos. E, mais ainda, em lugar daquela visão trágica, fatalista e determinista encontrada em *Os Sertões*, o que Odorico registrou foram expressões saudosas, outras lamentando que o desfecho do Belo Monte tivesse sido aquele, contrapondo-lhe a possibilidade de um caminho mais alvissareiro. Por exemplo, o depoimento de um ancião, de nome Manoel Ciriaco, falava da fartura que havia na região no tempo do Conselheiro: "dava de tudo"; a cana-de-açúcar era "bonitona", de se descascar com a unha. Aquele tempo, dizia ele, "parece mentira..." Os relatos passavam longe, portanto, daquela descrição de um arraial em que as pessoas viviam passando fome, ou se privavam do necessário para fazer penitência, com vistas à salvação após a morte. Absolutamente nada disso estava conforme aos depoimentos que Odorico Tavares colheu.

Esse trabalho pioneiro ensejou toda uma tradição de outros intelectuais, dentre os quais o mais importante é o já citado José Calasans, que foram para o sertão em busca de outras memórias, de outros relatos, de outros depoimentos.

À medida em que esses depoimentos se avolumavam, iam ganhando a forma de artigos de jornal, de brochuras, de pequenos trabalhos publicados aqui e acolá, capazes de fazer o edifício euclidiano, por seu turno, seguir perdendo o viço, não como obra literária, isso de forma alguma, mas enquanto descrição do que havia sido o arraial. A interpretação que Euclides ofereceu começava, enfim, a ser posta em xeque.

O professor Calasans é um grande nome dessa empreitada histórica; contudo, infelizmente muitas de suas obras também são de difícil acesso. Ele produziu muito, mas nenhuma grande obra que tivesse sido publicada em larga tiragem. Apenas a título de ilustração, cito *Quase Biografias de Jagunços: o séquito de Antonio Conselheiro*, trabalho em que Calasans reuniu informações meticulosamente colhidas sobre as pessoas que viveram no arraial, que acompanharam o Conselheiro, que estiveram e dividiram com ele o desafio da viabilização do Belo Monte. Mais recentemente foi reeditada, com notáveis ampliações, preciosa coletânea de pequenos estudos que o autor foi produzindo ao longo de sua carreira de investigador e professor, *Cartografia de Canudos*.

Outros jornalistas entrevistadores, além de Odorico, se destacaram nesse resgate. Dentre eles cito Nertan Macedo, que escreveu um trabalho fascinante, publicado sob o nome de: *Memorial de Vilanova*. Vilanova era o "sobrenome" dado a um dos líderes do movimento, afilhado do Conselheiro, chamado Honório, oriundo da então Vila Nova da Rainha. Ele foi encontrado por Nertan já com mais de 90 anos, no interior do Ceará, no início dos anos

1960, e animadamente lhe concedeu extensa entrevista. Mesmo sem que seja possível precisar até onde Nertan "mexeu", digamos assim, no texto, o depoimento é preciosíssimo. A beleza da memória saudosa que um conselheirista tem em relação ao seu passado pode ser vislumbrada quase ao final do depoimento, quando o jornalista pergunta se Vilanova tem recordações que ele possa comunicar sobre a sua vida no Belo Monte. A resposta soa grandiosa, grandiosa como era o vilarejo daquele tempo. Eram as roças e o gado trabalhados, mulheres e filhos cuidados, muita reza para quem gostava de rezar. Tudo sustentado com a "regra ensinada pelo Peregrino" (Antonio Conselheiro), fazendo com que pequenos e grandes cuidassem de tudo, que "a ninguém pertencia e era de todos".

Esta passagem do depoimento de Vilanova é antológica, expressando justamente o espírito com que se vivia naquele arraial, a força daquele Conselheiro, e o vigor daquela regra, dos ensinamentos, dos apontamentos que ele transmitia àquelas pessoas, e que davam um sentido, a razão maior da existência do povoado. Não à toa vários intérpretes do Belo Monte propõem uma conexão com os *Atos dos apóstolos*, o livro bíblico que descreve o que seriam as origens do cristianismo, especificamente com o que já foi chamado o "comunismo das primeiras comunidades cristãs". Há, de fato, elos que vinculam a experiência cristã descrita nos *Atos dos Apóstolos* a recriações estabelecidas em outros tempos e em outros contextos. É o caso, por exemplo, do que se passa no enredo de um belo filme, um clássico do cinema, *A missão*, de 1986, que trata das missões jesuíticas no sul do Brasil, mais exatamente na região da tríplice fronteira, com Argentina e Paraguai. Destaco nele uma cena na qual um "inquisidor", ao visitar uma dessas reduções, acusa os jesuítas e os grupos indígenas envolvidos de serem similares a grupos radicais existentes na Europa da época, por conta do modelo diferenciado de organização das vilas, do trabalho e da produção. Então alguém responde: "mas, monsenhor, desculpe-me, isso era o que faziam os primeiros cristãos..." Seguramente, temos que vincular a experiência do Belo Monte a essa larguíssima tradição presente na história do cristianismo, de tomar a experiência da primeira comunidade de Jerusalém como paradigmática na articulação da *comunhão*, que é a palavra usada nos *Atos dos apóstolos*. Trata-se de uma comunhão absolutamente radical.

Voltando às obras que estou comentando, sobre o Belo Monte no entendimento destes memorialistas, repórteres, professores, que produziram a partir dos anos 40-60 do século passado, deve-se reconhecer mais uma vez o caráter pioneiro, assim como o difícil acesso a quase todas estas obras. No caso das obras de José Calasans, cuja atividade produtiva durou quase meio século, há um *site* em que muito do que ele publicou está disponível de maneira digitalizada: a visita a ele é indispensável. E é preciso procurar ainda Abelardo Montenegro e seu importante trabalho intitulado *Fanáticos e cangaceiros*, felizmente reeditado alguns anos atrás.

Houve também, nesse contexto, leituras do episódio do Belo Monte no interior da tradição marxista. Já nos anos 50 alguns membros do PCB começavam a pensar que o Belo Monte deveria ser entendido, não à luz da insânia da qual o Conselheiro seria portador, segundo Euclides, ou da loucura epidêmica de que falava Nina Rodrigues, o médico cujo laudo serviu para Euclides escrever a sua obra, mas como uma das expressões mais significativas da secular luta camponesa, das populações marginalizadas do Brasil, contra o latifúndio. Em favor desse argumento houve trabalhos que marcaram época, como por exemplo aquele de Rui

Facó, *Cangaceiros e fanáticos*, um título invertido em relação ao do livro de Abelardo Montenegro. Depois, já nos anos 70, nos anos de chumbo, surgiria Edmundo Moniz, que escreveu *Canudos: a guerra social*, livro importante, no qual o Belo Monte começa a ser revisitado e inserido de forma consistente no âmbito da conjuntura política e econômica vigente, com suas tramas e disputas: os primeiros anos da proclamação da República, a luta dos diversos grupos pelo controle do poder no novo regime e a luta secular do povo brasileiro contra o latifúndio, marca pesada e truculenta da nossa história. Mas no meu entendimento, o melhor livro dessa tradição bastante marcada pelo referencial teórico marxista resulta da colaboração entre dois professores, José Rivair Macedo e Mário Maestri, e se intitula *Belo Monte: uma história da guerra de Canudos*. Trata-se de um livro que pode ser encontrado com mais facilidade, já que tem tido algumas reedições mais recentemente. Ele mostra de maneira articulada por quais caminhos o Belo Monte veio a representar uma quebra na lógica social e política hegemônica no Brasil, e no sertão de forma muito particular.

Fica nítido pela leitura destes títulos que não se pode desconsiderar a inserção do Belo Monte na geografia que envolve as terras de um Cícero Dantas Martins, o Barão de Jeremoabo, proprietário de inúmeras fazendas naquela região da Bahia, alcançando inclusive o Sergipe, que ainda conseguiu a façanha de passar despercebido à lente e à pena de Euclides. Político influente, tinha o Conselheiro como desafeto desde meados dos anos 1870, quase vinte anos antes da instalação do Belo Monte, e haveria de ser um dos principais interessados na eliminação do vilarejo conselheirista. Em março de 1897, depois de repelidas duas expedições policiais pela gente do arraial, ele escreveu um pesado texto pedindo a intervenção federal e uma repressão implacável, alegando que suas fazendas haviam ficado vazias, que o povo só queria pegar o pouco que tinha e repartir com o Conselheiro lá em Canudos. Detalhe: o Conselheiro será acusado de ser comunista; isso está no texto do barão de Jeremoabo, assim como em outras "denúncias" da época. Trocando cartas com o barão, (algumas das quais, guardadas por ele, viriam a ser reunidas e publicadas num volume de título *Canudos: cartas para o barão*), um de seus amigos falava dos perigos que o Belo Monte representava e dizia alarmado: "o Conselheiro se esqueceu das coisas do céu para se ocupar daquelas da terra...". É inequívoca a semelhança dessas palavras com o que hoje repetem os autoproclamados "cristãos" adversários da Teologia da Libertação, da gente que milita nas pastorais sociais e mesmo do papa Francisco e outras lideranças comprometidas, em nome dos valores evangélicos, com a justiça e a dignidade das pessoas. Não é mera coincidência, sem dúvida, encontrar hoje este mesmo tipo de discurso acusatório contra lideranças dos movimentos sociais e expressões das demandas populares.

Portanto, existe este indispensável veio reflexivo que deve ser reconhecido nos seus muitos e decisivos méritos. No entanto, ao fazer uma abordagem muito instrumental do tema da religião, ele não poucas vezes acaba por padecer de uma limitação importante. É sabido o quanto a tradição marxista tem dificuldades com a religião e com uma abordagem adequada de sua presença na vida social e de sua marca nos diversos sujeitos humanos. Não penso por primeiro em Marx, mas principalmente em certa tradição marxista, que tende a isolar a famosa expressão "a religião é o ópio do povo", esquivando-se de a ler em seu contexto maior. O parágrafo que a inscreve é muito mais amplo e aberto, e exige uma compreensão que vá além do simples clichê reducionista. De toda forma, a abordagem da perspectiva religiosa, decisiva no cotidiano do Belo Monte, acaba por carecer de maior densidade nos trabalhos ancorados nesta vertente teórica, o que não invalida a contextualização importante que eles propõem: o vilarejo conselheirista emerge como expressão das lutas sociais e das disputas pelo poder, naquele cenário específico e de suas contradições, alcançando amplitude regional e depois nacional. A guerra contra ele precisa ser entendida à luz deste contexto.

Nos anos 60 se deu o ingresso, em grande estilo, do tema do Belo Monte na academia, por obra de uma professora da Universidade de São Paulo, responsável por um trabalho que marcou época e continua tendo repercussão, por ter efetivamente muito fôlego e ser de grande amplitude. Nisso está o valor e também alguns limites desse trabalho. Refiro-me a Maria Isaura Pereira de Queiroz, autora do consagrado *O messianismo no Brasil e no mundo*. No tocante ao Belo Monte de Antonio Conselheiro, este trabalho apresenta pelo menos dois destaques, que cabe comentar. O primeiro se refere à recusa, de aspecto crucial da perspectiva euclidiana, qual seja, a de tomar o povo de Belo Monte e o seu Conselheiro como insanos e degenerados, acometidos de desvairado fanatismo religioso, sinal patente da loucura coletiva. Isto é fundamental, posto que, como já foi visto, o Belo Monte e Antonio Conselheiro precisam ser entendidos a partir das circunstâncias sociais que caracterizavam aquele contexto. Maria Isaura vai sugerir uma interpretação que segue uma linha distinta daquela apresentada pela perspectiva marxista: as mudanças trazidas pelo progresso, em vários âmbitos, haviam desestruturado a sociedade tradicional, seus modos e costumes tradicionais, dificultando a organização cotidiana das comunidades. Disso teria resultado uma situação de crise e o Belo Monte teria emergido como uma resposta a ela. Diante de uma operação que o sociólogo francês Durkheim chamaria de *anomia* (a falta da lei, das referências vindas da tradição), o Belo Monte, junto com tantas outras expressões populares, dentro e fora do Brasil, que a autora estuda em seu livro, teria surgido como saída para a crise vivida por grupos tradicionais, que buscaram recriar os laços e as referências colocados em risco, formando comunidades isoladas do entorno ameaçador. Este é um primeiro destaque.

O segundo se refere à categoria "messias" por ela adotada e desde então largamente utilizada na caracterização de movimentos como o do Belo Monte. Maria Isaura praticamente consagra a abordagem do Belo Monte como um "arraial messiânico". O problema é que não se sabe ao certo o que isso significa; parece que ela mesma não tem a clareza necessária para articular a exigência da delimitação epistemológica do conceito. O messias seria um salvador, alguém que vai libertar o mundo, libertar a comunidade dos males do mundo, mas também alguém que anuncia o fim do mundo próximo, e aponta na direção de um outro mundo: como o Conselheiro, no que dele se sabe, caberia neste modelo? O fato é que as coisas não ficam claras; trata-se de um conceito problemático, altamente ambíguo e de significação incerta, a meu ver. Contudo, ele acabou por se impor na academia como categoria de análise e de interpretação do que seria a mensagem religiosa que, no caso do Belo Monte, seu líder comunicava àquela comunidade. E aí mais um problema: ao tratar de identificar o que seria o teor desta mensagem, Maria Isaura continua refém d'*Os sertões*, ou seja, do que Euclides da Cunha atribui ao Conselheiro. Todavia, este trabalho, publicado originalmente em 1965 e reeditado mais recentemente, continua a representar um marco, uma inescapável e fundamental obra de referência.

* * *

De certo modo a obra de Maria Isaura fecha um tempo das investigações sobre o Belo Monte, porque outro marco haveria de abrir nova fase, suscitando questões e possibilidades até então inimagináveis. Refiro-me ao trabalho de Ataliba Nogueira, *António Conselheiro e Canudos*, publicado pela primeira vez em 1974. Nele vem finalmente a público, mais de setenta anos após o término da guerra contra o Belo Monte, a transcrição de um caderno de anotações assinado por Antonio Conselheiro. Pela primeira vez se pôde ter acesso direto, e não pela via de Euclides ou qualquer outro, àquilo que teria sido o pensamento do Conselheiro, as ideias que o animavam e faziam com que ele operasse a obra que efetivamente realizou. Isto produziu um impacto que só não foi maior porque os anos eram os de chumbo. Mas repercutiu, por exemplo, no já citado Edmundo Moniz. A primeira coisa a ser destacada é algo muito básico: Antonio Conselheiro sabia ler e escrever... Sim, ele escrevia corretamente e se mostrava conhecedor de teólogos da Igreja Católica: são Tomás de Aquino, santo Agostinho, são Jerônimo e mais tantas outras figuras, inclusive algumas praticamente desconhecidas nos dias atuais, como um tal cardeal Hugo, ou Cornelius a Lapide, teólogo do século XVII...

Mas como assim? Como em certa oportunidade me questionou um estudioso da obra de Euclides: "Como assim? Euclides nos garantiu que o Conselheiro praticamente não sabia ler, muito menos escrever, e que a sua fala não era articulada!" O impacto da obra de Ataliba foi menor do que era de se esperar também porque a "gaiola euclidiana" ainda não estava desmontada: o autor d'*Os sertões* ainda soava como "critério absoluto de verdade", e houve mesmo quem quisesse impugnar a autoria deste caderno, e ainda de outro, ao Conselheiro. No entanto, era mais um elemento fundamental nessa desconstrução do edifício euclidiano, que vem acontecendo com o passar do tempo. Além disso, o fato de ter vindo a lume em plenos anos de chumbo um tema que trazia à tona questões sociais e de lutas pelo poder, além da participação vexatória dos militares na vida política brasileira foi um impeditivo de monta, sem dúvida, para que a obra viesse a ter repercussão mais ampla.

Na verdade, o que foi publicado por Ataliba era apenas um dos cadernos assinados pelo Conselheiro, datado de 1897, o ano da guerra. O título é tocante: *Tempestades que se levantam no coração de Maria por ocasião do mistério da anunciação*. E na folha de rosto ainda se lê: "a presente obra mandou subscrever / o peregrino Antonio Vicente Mendes Maciel. / No povoado do / Belo Monte, Província da /Bahia em 12 de janeiro de/ 1897". E a última página deste caderno é uma despedida tocante, certamente ecoando os horrores da guerra e antevendo o brutal desfecho, que mais parece Francisco de Assis falando em referência aos animais e plantas dos campos.

Mas foi preciso esperar até 1990 para que tivéssemos a publicação de um trabalho fundamental que também teve muito pouca divulgação e recebeu um reconhecimento muito aquém do que efetivamente merece. Trata-se do livro do professor Alexandre Otten, que reproduz sua tese de doutorado em Teologia: *"Só Deus é Grande": a mensagem religiosa de Antonio Conselheiro*. A expressão entre aspas é de uma inscrição no portal da igreja de Crisópolis, aquela que já foi mencionada e cuja construção o Conselheiro liderou. Estávamos finalmente diante de um trabalho que oferece uma análise pormenorizada e qualificada do pensamento do Conselheiro, um pensamento articulado e pleno de sentido. Com isto se desmontava de maneira cabal a tese do tecido amalucado e sem sentido que Euclides atribuía à palavra do Conselheiro. Numa conversa que tive com o professor Calasans, pouco tempo antes de sua morte, ele dizia que pelo menos até aquele momento, a virada para o novo milênio, o trabalho de Alexandre Otten era o melhor dos que já haviam sido escritos sobre o assunto Belo Monte – Antonio Conselheiro.

Com este trabalho ficou patente que o Conselheiro lia muito e principalmente criava a partir do que lia. Mesmo que com acesso limitado a elementos da cultura religiosa católica letrada – podemos chamar assim – que lhe chegaram por caminhos que não conhecemos bem, soube manejá-los de forma peculiar e acessível à gente que se juntava para o ouvir. Os testemunhos que dão conta disso não são poucos, mas essa é uma faceta do Conselheiro que por décadas ficou completamente soterrada pela poderosa descrição euclidiana que o apresentava como um lunático e tomava suas palavras como broncas.

Então, tendo vindo à tona este manuscrito de 1897, por obra de Ataliba, coube-me a tarefa e o privilégio de completar o trabalho, com a publicação de um segundo manuscrito, anterior, datado de 1895 e que tem como título *Apontamentos dos preceitos da divina lei de nosso senhor Jesus Cristo, para a salvação dos homens*. Vou tratar de ambos com maior detalhamento, no momento oportuno. Mas se pode adiantar, de maneira geral que o estudo dos manuscritos, iniciado de forma competente por Otten, de um lado revela um Conselheiro com facetas até então desconhecidas de todo, por outro dispensa completamente uma concepção como a de messias, seja lá o que com ela se pretenda sugerir, para o entendimento da sua subjetividade. Basta ler seus textos, e nada que sustente esta alegação será encontrado. E se procurarmos as expressões do povo em relação ao Conselheiro, veremos que às vezes ele é identificado com o bíblico Moisés, chamado de Peregrino, e mesmo de Bom Jesus, por conta da imitação do Nazareno que sua gente reconhecia em suas palavras e ações. Mas a categoria de messias que Maria Isaura propôs, e que a sociologia da religião endossou com uma configuração epistemologicamente imprecisa, mais sugerida que afirmada, soa de todo imprópria quando se considera o teor da documentação que leva o nome do Conselheiro.

Em síntese; até aqui verificamos dois momentos. O primeiro, fundado em 1947 com a obra de Odorico Tavares, caracterizado pela iniciativa dos repórteres que entrevistaram sobreviventes do Belo Monte, seguido pela assimilação do tema de Canudos e do Belo Monte no interior da tradição marxista, e ainda o ingresso do tema na academia, principalmente pela obra de Maria Isaura. O segundo é marcado pelos impactos do caderno manuscrito assinado pelo Conselheiro, e publicado por Ataliba Nogueira. O trabalho de Alexandre Otten representa o fecho deste segundo momento.

* * *

Vem agora o terceiro momento, com marcas muito particulares e decisivas. É que em 1993 se celebrou o centenário da fundação do Belo Monte, e em 1997 fez-se memória do massacre brutal infligido à população do vilarejo cem anos antes, por obra do Exército, a mando das elites políticas e econômicas da Bahia e do Brasil. E em 2002 se completaram os cem anos da publicação d'*Os sertões*. Estes três centenários ensejaram a produção e publicação de muitos títulos significativos. Por exemplo, algumas obras que tinham sido publicadas na época dos acontecimentos e haviam caído no esquecimento foram reeditadas. Entre elas destaco o trabalho de Alvim Martins Horcades, *Descrição de uma viagem a Canudos*. Enquanto estudante de medicina, Alvim acompanhou as tropas do Exército, servindo como enfermeiro dos soldados feridos. Mas ele desenvolveu alguma sensibilidade para com o drama da população e, a partir disso, discorreu em seu relato sobre alguns traços da comunidade conselheirista. Foi também reeditado um romance chamado *O rei dos jagunços*, obra do jornalista Manoel Benício, que, nas reportagens que mandava ao jornal para o qual trabalhava, descreveu algumas coisas desabonadoras sobre o Exército, e acabou expulso do campo dos combates, tendo inclusive sofrido ameaças de morte. Depois da guerra terminada ele publicou este romance, que obviamente não tem a qualidade literária da obra de Euclides e, por isso, ficou eclipsado. Contudo, deve ser sopesado o fato de que nele a vida sertaneja com suas tradições é retratada com muito mais fidelidade e mais sensibilidade do que consta na obra de Euclides.

Aliás, deve ser lembrando que, alguns anos antes de estes centenários terem sido celebrados, foram publicadas, sob o título *Caderneta de campo*, as anotações feitas por Euclides enquanto estava no palco dos combates, e que obviamente serviram como base para a escrita d'*Os sertões*. Mas um detalhe precisa ser notado: nessa caderneta Euclides registrava dados que haveriam de aparecer distorcidos no seu livro maior; outros simplesmente desapareceram do seu livro mais importante. Por exemplo, em *Os sertões* se diz que o Belo Monte era um reduto de pessoas ignorantes, que precisavam não de balas de canhão, mas de professores, para que pudessem sair da ignorância. Todavia em sua caderneta ele havia anotado que o Belo Monte contava com uma escola, para a qual o Conselheiro mandou vir de Salvador duas professoras dispostas a ministrarem aulas para meninos e meninas. Nada disso consta em *Os sertões*, pois não se sustenta no modelo geral que Euclides está construindo para inserir o Belo Monte, de maneira forçada.

Mas no contexto destes centenários também foram produzidas novas obras importantes, das quais destacarei três. *Os anjos de Canudos*, de Eduardo Hoornaert, um historiador radicado no Brasil há muitos anos, oferece uma apreciação muito generosa da experiência conselheirista, acentuando a dimensão religiosa como elemento constitutivo decisivo sem o qual não se articula a lógica do que ali foi vivido, e é preciso olhos atentos para perscrutá-la. O livro é pequeno, de leitura muito agradável e Hoornaert é um autor denso, profundo, de escrita instigante e provocativa. Pouco desbravado, é contundente na qualidade.

Menciono também o trabalho, infelizmente já esgotado, de um professor da Universidade de Brasília, Vicente Dobroruka: seu livro se chama *Antonio Conselheiro: o beato endiabrado de Canudos*. Trata-se da principal biografia do Conselheiro escrita até agora, e Vicente a publicou em 1997, quando o primeiro caderno, aquele editado por Ataliba, já estava publicado, mas o segundo, o de 1895, não. Mesmo assim Vicente mostra-se um historiador muito bem informado e qualificado, que conhece a teologia e o pensamento cristão, bem como os estudos de religião. Isso permite que ele produza uma biografia do Conselheiro que, além de bem escrita, é muito densa, por conferir a adequada relevância ao universo de referências que sustentam e inspiram os saberes e fazeres do líder do Belo Monte. A biografia do Conselheiro é um tópico do qual não se pode escapar, e o trabalho do Vicente é uma referência fundamental nesse sentido.

Finalmente, no âmbito das referências bibliográficas, vem o trabalho do Dawid Danilo Bartelt, que escreveu um livro chamado *Sertão, república e nação*, o qual deve ser encontrado com mais facilidade, pois foi publicado mais recentemente, em 2009. Bartelt faz um trabalho deveras instigante, contemplando questões muito pertinentes a nosso tempo, tempos sombrios, diria Raduan Nassar. Bartelt discute o Belo Monte não tanto como processo histórico, mas como um evento discursivo. Leva adiante ideias que já havia exposto em trabalhos anteriores, mostrando como, antes de ter sido destruído a bala e fogo, o povoado foi desqualificado pela palavra, posto que se vinha armando, já desde os anos 1870, um léxico acusatório e de condenação de Antonio Conselheiro, amplificado para o Belo Monte quando ele passou a existir, a partir de 1893. Desta forma se erige uma narrativa segundo a qual, enquanto peregrino nos sertões, o Conselheiro é um louco que arremete contra as autoridades, desrespeita a igreja institucional, que tomou o lugar dos padres, que merece um lugar num hospício. Tudo isso Euclides vai propagar. E quando se arma este léxico, esta catilinária sobre o Conselheiro, ela se projeta também sobre o arraial, que será visto como foco de subversão, um agrupamento feito de gente vagabunda e arruaceira, um refúgio de bandidos, etc. E o que Bartelt mostra com muita competência é como este discurso se difunde. Imagine se naquele tempo houvesse uma rede de *WhatsApp*, operada por determinadas pessoas e segmentos, como aconteceu em tempo não muito distante: "um bando de comunistas", "um bando de arruaceiros", "bandido bom é bandido morto", "temos que acabar com esse foco de comunismo"... Foi tecida uma gramática tão sedutora e envolvente que, assim que definida a intervenção militar para destruir efetiva e fisicamente o Belo Monte e seus moradores, tal decisão ganhou o aval quase unânime da opinião pública. O Brasil se voltou contra o Belo Monte, com honrosíssimas exceções, dentre as quais devo citar pelo menos uma: o grande Machado de Assis, que desconfiava que a história não era bem aquela difundida por todo o território nacional, e mesmo para fora dele, pelos meios de comunicação, os jornais basicamente.

* * *

E por falar em jornais, parece relevante que a fundação, ou as estacas fundadoras d'*Os sertões*, além das notas recolhidas na *Caderneta de campo*, sejam as vinte e duas cartas e os cinquenta e cinco telegramas que Euclides mandou para o jornal *O Estado de São Paulo*, além de dois artigos sobre o assunto também publicados no referido periódico, que hoje se encontram reunidos num volume que tem por título *Diário de uma expedição*. Mas aqui importa destacar o jornal, este mesmo que agora aparece associado à agenda destrutiva que as elites tratam uma vez mais de impor ao país: o golpe contra Dilma, a prisão de Lula, a eleição de Bolsonaro, com o firme propósito de destruir as políticas sociais que haviam sido implantadas e os direitos arduamente conquistados pelo povo brasileiro em décadas de história e resistência.

Pois bem, na passagem da terceira para a quarta e última expedição militar, a que dizimou Belo Monte e seu povo, *O Estado de São Paulo* publicou uma matéria sobre o tema Belo Monte, antes mesmo de Euclides seguir pra lá. Produziu o que hoje chamamos pós-verdade, situada no âmbito das *Fake News*, como as que na eleição de 2018 foram disparadas pelo *WhatsApp*. A saber, em um número de março de 1897, se lê o seguinte, no referido jornal, a respeito do Belo Monte de Antonio Conselheiro: trata-se de um "movimento insurrecional" de cunho "monarquista. Não é preciso indagar se sempre o foi, porque, se não o era, *nós republicanos,*

nós mesmos, que o tomamos como inimigo, lhe demos este caráter" (o destaque é meu).
Simples assim! Uma repetição atualizada da lógica deste raciocínio talvez pudesse resultar no seguinte diálogo:

- Dilma Rousseff cometeu um crime de responsabilidade.
- Cometeu?
- Claro!
- Mas qual foi ele?
- Não importa, nós decidimos que ela o cometeu.

Os personagens e as instituições do século XXI são estruturalmente os mesmos do século XIX, e os interesses que defendem são os mesmos, ainda que tenham mudado as datas, alguns nomes e as gerações. Isso imprime um tom, a uma só vez, fascinante e trágico à realidade brasileira.

Muita coisa literalmente hilariante foi publicada e levada a sério no tocante ao Belo Monte; por exemplo, divulgou-se amplamente naquela época que o Conde d'Eu, marido da princesa Isabel, lá de Paris financiava o envio de armas e munição para a gente do Conselheiro, em favor da restauração do regime monarquista. Isto foi reproduzido em vários jornais do Brasil!

Fake news, pós-verdades e mentiras deslavadas contribuíram cabalmente para que se perpetrasse um dos grandes massacres contra a parcela mais vilipendiada, mais destroçada, mais sofrida da população brasileira, do interior do sertão. Exageravam o tamanho da cidade, para quê? Para justificar a incompetência do Exército. No Belo Monte não cabiam mais de 10 mil pessoas, o espaço não permitiria, o próprio Euclides reconhecia isso na sua *Caderneta de campo*. Mas ao final se vê, numa das últimas páginas d'*Os sertões*, e em documentos militares, que teriam sido contadas cinco mil e duzentas casas no arraial, o que conduziria a uma população em torno de vinte e cinco mil pessoas. Isso para criar um monstro bem grande e, ao mesmo tempo, justificar as seguidas derrotas das tropas oficiais, incompetentes na realização do serviço sujo a elas atribuído.

Afinal, foi a falta de responsabilidade e respeito às demandas do povo e às alternativas populares que, ao fim e ao cabo, produziu uma das maiores tragédias da história brasileira, a chamada guerra de Canudos, a guerra contra Belo Monte. Muito se escreveu a respeito: os títulos mencionados neste capítulo convidam a um mergulho no universo em que se desenrolou esta que continua a ser uma das sagas mais instigantes e reveladoras de nossa história enquanto povo brasileiro.

Vista geral do povoado; ao fundo, à esquerda, a igreja do bom Jesus já praticamente destruída.

II

Formação, cotidiano e aniquilamento do Belo Monte

Proponho uma viagem no tempo... pelos sertões da Bahia, ao encontro da vila Canudos, que, aliás, era chamada por um de seus inimigos, ironicamente, de a "grande aldeia do rio sagrado", afinal, a Vila de Canudos, que se tornaria Belo Monte, fica à beira de um rio, o Vaza-barris. O trajeto que proponho tem basicamente três momentos:

> 1) o processo de formação do Belo Monte a partir de uma vila já existente, chamada Canudos;

> 2) o cotidiano propriamente dito do Belo Monte: os trabalhos e os dias, o convívio, o farnel na partilha, os entretenimentos, os desafios na adversidade, as motivações para os tantos fazeres, a devoção...

> 3) por fim, as razões e os pretextos que levaram a que essa experiência viesse a ser eliminada, destruída e massacrada.

São, portanto, três etapas: nascimento, vida e morte. Ou, se quisermos: o estabelecimento, o cotidiano e o aniquilamento. Essa seria uma boa maneira de caracterizar esse percurso, que tem basicamente quatro anos e meio de duração, de maio ou junho de 1893 até outubro de 1897, quando a cidade foi totalmente destruída pelas tropas do exército.

Belo Monte surgiu fora de Canudos, por assim dizer. O ano de 1893 deflagrava eventos importantes na história brasileira. Dentre eles, vale ressaltar algumas reformas modernizantes da então capital do país, Rio de Janeiro, que implementava um projeto urbanístico no qual os pobres são expulsos do centro para a periferia, para os morros, em processo muito semelhante a outros que a cidade viveria ao longo do século XX e que se tornaram prática em outros centros urbanos, até os dias de hoje.

Mesmo com o avançar de tal modernização da capital do país, uma parte da atenção da opinião pública a partir daquele abril de 93 fora conduzida ao interior da Bahia. É que dois anos antes foi promulgada a primeira constituição republicana. E umas das novidades trazidas por ela foi a liberdade dada aos municípios para cobrarem impostos novos, entre os quais um em particular, que atingiu profundamente o cotidiano da economia da população mais pobre: o imposto da feira, a ser cobrado dos feirantes. Sim, as feiras, tais como as que se encontram em tantas cidades deste país. Tratava-se, portanto, de um imposto que incidia diretamente na economia popular, em um dos seus espaços mais característicos de trocas e sociabilidade.

Em que pese, para Euclides, que isso fosse "fato de pouca monta", esses impostos tocaram fundo a população, e contra eles começou a haver uma série de protestos, em várias cidades e vilas no interior da Bahia, entre o fim de 1892 e o início do ano seguinte. Antonio Conselheiro não foi o organizador desses protestos, mas deles participou, com a gente que o acompanhava. Lembremos que a essa altura ele está com quase sessenta e três anos de idade. Mesmo assim, levava adiante sua vida de peregrino, e agora se insurgia nestes movimentos de protesto. Manuel Benício, jornalista e romancista, que, diferentemente de Euclides, não poupou sensibilidade para delinear os traços marcantes da cultura sertaneja, registrou um episódio em particular, ocorrido em decorrência da implementação deste imposto. Ele conta que na feira de uma vila da região, de nome Chorroxó, uma senhora já idosa, D. Benta, havia chegado para vender uma esteira, e a expôs no chão, atribuindo-lhe o preço de oitenta réis. Mas o fiscal exigiu cem réis pela ocupação daquele espaço, o que foi motivo de reclamação e queixas por parte da vendedora.

O Conselheiro, na prédica que fez naquela noite dirigindo-se à gente que se reuniu para ouvi-lo, não deixou de tratar do caso da D. Benta: acusou a República de ser uma "ré pública" (há que se levar em conta o sotaque!), o cativeiro geral. Era ela a expansão da escravidão, advertida pelos mapas. Não é clara a significação destes "mapas". Seriam eles algum tipo de anúncio astrológico? Benício não esclarece. Seja como for, o Conselheiro teria terminado sua exposição daquela noite apresentando a "tia Benta" que, mesmo sendo branca e religiosa, recebe tratamento idêntico àquele reservado à gente até pouco tempo escravizada, absolutamente condenável.

Neste sermão o Conselheiro buscava fazer sua gente entender que, no fim das contas, a república acabava por aprofundar a lógica da escravidão, que supostamente havia sido extinta. Ele então passa a ser visto como aquele que instiga o protesto contra os novos impostos, e essa notícia alarma os fazendeiros, as autoridades, os juízes, que pedem uma intervenção do poder policial do estado. No dia 26 de maio de 1893 acontece então um combate entre as tropas da polícia e a gente do Conselheiro e mais outras pessoas que participaram dos protestos contra os impostos. No embate do Massété, nome da vilazinha perto da qual a escaramuça aconteceu, a polícia foi posta para correr. Isto virou notícia nos jornais de Salvador, reverberando até no Rio de Janeiro. Dessa maneira o Belo Monte vai começar a atingir, tocar, interferir na estrutura do estado republicano. Machado de Assis toma conhecimento dessas notícias, desses conflitos, e das motivações deles. E em uma crônica se refere a eles, bem-humorado, mencionando um fanático, chefe de uma seita, que andava aconselhando contribuintes a não pagarem os impostos e que já havia posto para correr meia centena de policiais, tudo em nome da máxima "não deis a César o que é de César". Não é difícil ver aí a espetacular inversão que Machado faz de uma conhecida passagem bíblica, que evidencia o espírito de protesto religioso, a matriz religiosa desse protesto, elemento fundamental para se entender a configuração do Belo Monte.

No entendimento do Conselheiro a situação criada configurava a necessidade de suspender sua vida itinerante. Estavam em risco a própria vida e a de sua gente. Foi quando tomou a decisão de se deslocar cerca de cento e vinte quilômetros além de Masseté, na direção norte, portanto, mais longe de Salvador, capital do estado, na perspectiva de proteger a si e seu povo de uma nova repressão policial que ele acreditava viria logo, já que a primeira força não tinha sido capaz de dar conta da tarefa que lhe tinha sido atribuída.

Há registros do caminho do Conselheiro depois do combate de Masseté em direção à vila de Canudos. E, de acordo com o que é contado na tradição popular, ele chega ali no dia 13 de junho, quase vinte dias depois da contenda em Masseté: dia de santo Antônio.

E Canudos logo se fez Belo Monte, gestado neste cenário de rebeldia contra a nova ordem tributária que vinha sendo estabelecida nos sertões, passando a carregar a marca da resistência e da alternativa. Foram muitas as notícias nos jornais e as cartas trocadas entre fazendeiros e políticos lamentando que na região agora ninguém mais paga imposto.... Fiscais vão cobrar tributos da feira num vilarejo como o de Uauá, e escutam da população: "vão primeiro cobrar lá no Belo Monte... Depois que eles pagarem a gente paga". Outras fontes dão conta de situações semelhantes.

Vale ressaltar o quanto Belo Monte virou um "mau" exemplo na percepção das elites, no sentido de que havia uma ordem moral, social e tradicional estabelecida e reconhecida pelos setores populares, que a defendiam sempre que movimentos de mudanças pudessem comprometer as condições de vida que estavam postas. Esta postura se assenta naquilo que Edward P. Thompson, historiador inglês, chama de "economia moral da multidão", ou seja, o apelo a princípios morais, expressões de uma consciência de direito e de justiça, a partir dos quais se entende a vida, as relações sociais cotidianas, inclusive as econômicas, pela via de um conjunto de valores que podem inspirar levantes contra mudanças compulsórias que venham a prejudicar as condições da vida do povo. Esse elemento é decisivo na fundação do Belo Monte e determina que no vilarejo conselheirista as coisas deverão ocorrer de outra forma, a partir de referências alternativas àquelas da nova "ordem" republicana.

Entendamos, a questão tributária é central na vida das sociedades. Ela será central aqui, como ocorre em tantas situações da história brasileira. A região toda ficou muito marcada por esses protestos; aliás, eles repercutiam um sem-número de movimentações anteriores, espalhadas em muitos cantos do sertão, agrupadas sob o título geral "Quebra-quilos", contra novas formas de peso e medida implantadas desde os anos 1870, que embutiam também a cobrança de novos e sorrateiros impostos. Boa parte dos futuros moradores e moradoras do Belo Monte será oriunda de regiões do sertão marcadas por estes movimentos. E muitas das vilas das redondezas ficaram esvaziadas, os negócios prejudicados, com o afluxo ao arraial conselheirista. Ao mesmo tempo, muitas fazendas ficaram desprovidas de mão de obra. Eis o marco fundamental. A partir dessa premissa, o entendimento sobre Belo Monte opõe-se diametralmente àquele que toma o arraial como formado por um bando de lunáticos ou de pessoas desesperadas, procurando o fim do mundo, uma catástrofe escatológica ou qualquer coisa parecida com a perspectiva que acabou sendo definida por Euclides da Cunha.

Não por acaso, Euclides quase não dá atenção aos protestos, ao episódio de Masseté e seus desdobramentos. Contudo, no significado que eles carregam já está inscrita a senha para o ideal do Belo Monte enquanto alternativa ao mesmo tempo social e religiosa, o que parece ter feito pouco sentido para o autor de *Os sertões*.

* * *

Passo ao segundo momento desta exposição. Ele se refere à formação do arraial, das bases de renovadas relações interpessoais, da organização dos trabalhos e tantas outras atividades; enfim, uma reinvenção do cotidiano. Afinal no arraial a vida será reconfigurada, agora livre dos impostos, dos coronéis, dos barões... A lógica do arraial será pensada a partir de referências novas, distantes daquelas dadas pelos senhores de plantão, incluída aí a própria igreja nas figuras das suas mais altas autoridades. Então: o que se fazia no arraial?

Havia um político daquela época, chamado César Zama, que fazia oposição ao governo do estado, o que não significa que ele fosse simpatizante do Belo Monte. Ele escreve em 1899 um dos libelos mais contundentes denunciando a brutalidade perpetrada ao Belo Monte. E a certa altura ele constata que nada de extraordinário se passava com Antônio Conselheiro e sua gente. Eles "plantavam, colhiam, criavam, edificavam e rezavam". É nessas cinco atividades, tão óbvias para a viabilização da vida de uma comunidade, de uma vila, de um arraial, que está a estrutura da vida do cotidiano do Belo Monte. Mas o importante é o modo como essas coisas eram feitas: aí está o extraordinário não apontado por Zama...

Primeiramente quanto às atividades mais relativas à sobrevivência material: no Belo Monte se plantava, colhia, criava. Basicamente, as plantações eram feitas pelas pessoas que tinham melhores condições físicas para o trabalho. E fundamentalmente o fruto, o produto deste trabalho tinha uma tripla destinação:

- Sustentar a família responsável por aquele lotezinho de terra na beira do rio;

- Alimentar os doentes, os idosos e os inválidos, que não podiam trabalhar, mas estavam no Belo Monte porque tinham ouvido e se encantado com a pregação do Conselheiro, ou porque souberam da sua fama de milagreiro;

- Comercializar ou trocar nas feiras das vilas da região.

Apenas para provocar: poderíamos pensar nesta experiência como expressão de alguma forma de "socialismo do consumo"? A criação era basicamente concentrada no bode, garantindo a carne e o couro. E isso num modelo que certamente tem muito a ver com o que hoje se chama lá na região de "fundo de pasto": a criação dos animais em terras soltas, ocupadas por grupos ligados por laços familiares. Não havia a demarcação de cercas, o que reforçava a solidariedade no trabalho e oferecia liberdade para os bichos correrem pela caatinga. Resultado disso: a carne mais magra, e ainda o couro do bode mais resistente, de melhor qualidade. Eis porque esses produtos se fizeram muito valorizados, a ponto de ganharem o interesse externo e serem exportados. Podemos especular que também por isso o Belo Monte ganhou fama além das fronteiras brasileiras, a ponto de, durante a guerra, as notícias rebaixarem as ações brasileiras nas bolsas internacionais. E não custa salientar que esse modo de ver e de lidar com a terra é motivo, mesmo hoje, de conflitos envolvendo propriedade e posse coletiva da terra: a luta é pelo reconhecimento e pelo direito do uso coletivo das áreas de fundo de pasto.

Vamos adiante. César Zama destaca outra atividade no Belo Monte a chamar a atenção: edificar. O que lá se edificava? Sobretudo casas e igrejas.

Euclides da Cunha, que não tinha exatamente boa vontade para com Belo Monte, reconhece, meio a contragosto, que a atividade de construção era algo que dava muita vida ao arraial, a ponto de, em algum momento da sua trajetória, chegarem a ser levantados até doze casebres por dia, para acolherem as famílias que cada vez mais se deslocavam para lá. Mas ele não perde a oportunidade de, mesmo aí, fazer seu ataque. Segundo ele, as casas eram edificadas sem um traçado ordenado, observação estética que sugere o desatino, a loucura coletiva dos seus moradores. No seu juízo, não havia um arruamento, um esboço estrutural que desse forma ao arraial, linhas retas que definissem ruas. Euclides fala de casas maldispostas, e chama o Belo Monte de *urbs monstruosa*, expressão latina que significa "cidade monstruosa". E ainda: *civitas sinistra* ("cidade sinistra").

No entanto, há documentos que apontam em direção bem distinta. É o caso de um relatório produzido pelo "Comitê patriótico da Bahia", entidade liderada por Lélis Piedade e criada com o propósito inicial de cuidar dos soldados feridos na guerra, mas que aos poucos se ampliou para que fossem cuidados também os feridos do outro lado, a gente conselheirista. Este registro é preciosíssimo para o conhecimento do Belo Monte e de sua gente. Pela via de sua leitura, e com a ajuda de observações como a do já citado Alvim Martins Horcades, quase podemos ver estampada a lógica do "fundo de pasto" determinando o modo de disposição, bem como a topologia das casas do Belo Monte: com um fundo comum, um quintal comum. Uma lógica incompreensível para Euclides senão como aberração.

Mas o povo do Belo Monte edificava não só casas, como também igrejas. O povoado pode ter chegado a ter três igrejas, porque já havia a pequena capela antes da chegada do Conselheiro, o que promoveu uma dúvida entre os estudiosos sobre se a primeira igreja construída por ele foi uma ampliação, restauração daquela pequena capela lá encontrada ou foi uma nova edificação. Eu me inclino a esta última possibilidade. Então nós teríamos a capelinha da antiga Canudos, depois a igreja de Santo Antônio que começa a ser construída em 1893 e será inaugurada em 1896. Aliás, permanece preservado o sermão que o Conselheiro terá pronunciado nessa oportunidade. No entanto, já antes de sua inauguração, a igreja se mostrará pequena para o tamanho crescente da população do arraial. Então ele partirá para a construção de uma nova igreja, a do Bom Jesus, que justamente não ficará pronta, visto que, no curso de sua edificação, será destruída pelos ataques da guerra. Aliás, foi justamente a aquisição de madeiras para esta igreja, madeiras compradas, pagas por antecipação e não entregues, que forneceu o pretexto para que a guerra começasse. A gente do Belo Monte decidiu: "se não entregam, vamos buscar as madeiras". Esta decisão foi entendida como declaração de guerra, como disposição de jagunços e bandidos para atacar a cidade de Juazeiro, onde as madeiras se encontravam.

A construção de igrejas era uma atividade com a qual o Conselheiro se envolvia há muito tempo, e no pouco mais de quatro anos em que o Belo Monte existiu estas obras deram o compasso. Mas é importante fazer a pergunta sobre como as pessoas viam seu envolvimento com estas atividades. Fico apenas com um único registro, de um narrador daquele tempo que atestou: quando o Conselheiro deu a partida para a construção da igreja nova, boa parte dos homens deixou suas atividades na lavoura para ir em busca de madeiras, as quais depois carregavam nos ombros para o local da obra, enquanto mulheres e crianças, em meio a cantorias e rezas, ajudavam carregando pedras...

Sim, o povo do Belo Monte rezava e rezava muito. Em *Os sertões* Euclides dirá que a cadeia do Belo Monte ficava cheia de pessoas que faltavam aos momentos de prece comum. Mentira desfeita pelo testemunho de várias pessoas, inclusive do próprio Honório Vilanova, que garante: quem gostava de reza ia rezar, embora ele mesmo não fosse muito afeito à prática. Portanto, havia liberdade religiosa no arraial. Isso não significa que a marca da oração e da vivência religiosa não fosse fundamental para entender o sentido do arraial para seus moradores, operação da qual a maior parte daquela gente não podia abrir mão.

Vamos, portanto, aprofundar um pouco mais esse tema. Algumas referências esparsas ajudarão nesse sentido, como, por exemplo, o já citado frei João Evangelista de Monte Marciano, que descreve algumas das práticas, por ele presenciadas, no Belo Monte. Contudo, Euclides as descreve com tintas carregadas, nocivas, envenenadas. Senão vejamos:

> *as cerimônias de culto a que Antônio Conselheiro preside e que se repetem mais amiúde entre os seus, são mescladas de sinais de superstições e idolatria, como é, por exemplo, o chamado Beija das imagens, a que procedem com profundas prostrações de culto igual a todos sem distinção, como as do Divino Crucificado, e da Santíssima Virgem e quaisquer outras.*

Estamos em um terreno fertilíssimo, abundante, riquíssimo, o tão mal compreendido terreno da religiosidade popular, do catolicismo da devoção aos santos. Marca relevante da religião tradicional brasileira: basta ver o que a esse respeito dizem figuras como Gilberto Freyre, Sergio Buarque de Holanda, entre outros. No sertão não é diferente. Devemos ainda juntar a este traço um outro característico, aquilo que já foi chamado "catolicismo sem padre". Aliás, um dos problemas que o Belo Monte enfrentará diz respeito exatamente à relação entre catolicismo "com" e "sem" padre. Tratarei disso mais adiante.

O próprio Honório Vilanova fala das atividades religiosas em Belo Monte. Garante que as beatas rezavam o dia inteiro, ajoelhadas diante dos oratórios, desfiando os rosários, cantando as ladainhas, mesmo de madrugada, com o ofício de Nossa Sra. da Conceição ou das novenas de Santo Antônio. Benditos eram entoados. O anoitecer era a hora do terço. E seguiam-se as orações diante das muitas imagens de santos trazidos pelo povo: Nossa Senhora, Santo Antônio, São Pedro, São João, os apóstolos. A estas se somam outras referências tocantes sobre esta dinâmica quase monástica, pela qual as horas do dia são definidas pelos tempos das orações.

Um exemplo eram as 6 horas da tarde, uma hora fundamental: a da Ave Maria. Euclides a descreve de maneira primorosa: o sino da igreja toca, e a gente conselheirista em luta suspende o combate. Do outro lado os soldados ficavam envergonhados, visto que muitos deles também eram católicos, muitos também queriam rezar a Ave Maria, o terço. E aí, por força da vergonha e da religiosidade em que foram formados, também eles acabavam suspendendo os combates.

É preciso notar também que estamos diante de um catolicismo muito sincrético, mesclado pelas referências que vêm do mundo indígena e do mundo africano. O Belo Monte tinha uma rua chamada Treze de Maio, que abrigava principalmente pessoas escravizadas até pouco tempo antes, as quais, por falta de alternativas após a abolição, tinham voltado a se empregar nas fazendas das quais anteriormente haviam saído. Seguramente práticas religiosas que hoje chamaríamos "afro-brasileiras" tiveram lugar no arraial, e aquelas que identificamos como católicas têm as marcas de séculos de intercâmbio entre o que veio da Europa com as caravelas e o que foi sequestrado da África pelo navio negreiro, sem que a essa altura se consiga detectar o que é próprio desta ou daquela proveniência. Infelizmente se sabe muito pouco destes traços da religiosidade sertaneja na particularidade do Belo Monte.

Também havia a rua "dos Caboclos", habitada por grupos indígenas que mantinham relações muito especiais com o arraial. Chamo a atenção para um grupo particular, os Kiriri de Mirandela. Eles eram nômades, movendo-se entre o Belo Monte e seus aldeamentos de origem. Depoimentos de gente Kiriri que sobreviveu ao massacre contra o Belo Monte dão conta de que seus antepassados conheciam as rezas características do catolicismo popular, como a Ave maria e tantos benditos, mas também tinham as rezas próprias, que bem pareciam imitar os ofícios já mencionados. Falava-se de um "ofício de índio: bendito de paca, louvado o tatu, amém teiú, para sempre cutia, para sempre Caititu, amém"!

Destes mesmos Kiriri se conta que durante muito tempo não se soube como refazer a festa da Jurema, rito tradicional em muitos grupos indígenas da região, destinado a estabelecer a comunicação com os espíritos. A impossibilidade de realizá-lo se deveu ao fato de que os pajés que o presidiam e conheciam os modos de o encaminhar tinham ido para o Belo Monte e lá haviam morrido, durante a guerra. Só mais tarde, em contato com outros grupos, este conhecimento sagrado foi recuperado...

E ainda: imaginemos uma das figuras mais importantes do séquito, bem próxima ao Conselheiro, que era o pajé indígena Manoel Quadrado, um Tuxá que conhecia não só rezas e preces, mas muito da medicina com vegetais disponíveis na região.

Vê-se como o religioso não é algo alheio ou indiferente àquilo que ocorre no cotidiano daquela vida. Pelo contrário, é um de seus componentes fundamentais, e atravessa tudo que se experimenta, sofre e espera. Saúde e salvação se imbricam na vida cotidiana. E assim, em Belo Monte eram definidas as horas, os dias, os tempos e as experiências cotidianas várias que faziam e organizavam os trabalhos e os dias.

Mas ainda é muito pouco o que sabemos a respeito dessas riquezas tecidas e vividas no Belo Monte em que convergiam e conviviam de formas criativas e diversificadas elementos do mundo religioso católico, indígena e africano. Uma "religião mestiça", dirá Euclides da Cunha, em que se encontram tanto expressões de sincretismo como também expressões que corriam paralelas e autônomas. Por exemplo, ainda que o Conselheiro possivelmente não compartilhasse desses traços mais marcadamente afro-brasileiros ou indígenas, reconhecia-os no Belo Monte. Ele também não parece ser muito dado aos cultos populares de santos, mas mesmo assim estes eram objetos claros de devoção sem maiores contestações.

Como se vê, efetivamente os habitantes do Belo Monte plantavam, colhiam, criavam, edificavam e rezavam. Mas é preciso avançar na reflexão, e quem agora surge como inspiração é de novo Machado de Assis, que num de seus escritos intui que algo distinto animava a realização destas atividades, e o localiza no vínculo que une tão fortemente aquela gente toda a seu líder. E esse vínculo se articula a outro, àquele tecido entre os próprios moradores da vila. As rezas em comum apelando a santos, entidades e espíritos, as curas operadas por Manoel Quadrado e outros pajés, os sacramentos ministrados nos momentos dos rituais católicos, todos estes movimentos ganhavam solidez e consistência ainda maiores pela palavra autorizada, experimentada e esperançosa do Conselheiro. Além disso, os laços próprios ao compadrio são fator poderoso de coesão. Os batismos feitos pelo vigário, o padre Vicente Sabino dos Santos, multiplicam o número dos compadres e comadres, dos padrinhos e madrinhas, afilhados e afilhadas, sem contar que em várias oportunidades era o próprio Conselheiro o padrinho, acompanhado de Nossa Senhora como madrinha.

No entanto Machado tem razão: na pessoa de Antonio Maciel, o padrinho de muitos, se encontra o que de mais profundamente específico o Belo Monte manifesta. É importante não perder isto de vista. Sua liderança tem a ver com sua forma de vida, não com alguma instituição que o autorize. É a de alguém comprometido com a comunidade em busca de um amanhã promissor, aqui e no além. Uma forma de vida profunda o bastante para articular e fazer funcionar um sistema de administração e distribuição dos bens necessários à sobrevivência. Densa para conferir força às suas palavras, a seus *conselhos*, que organizavam a vida, davam-lhe sentidos inusitados e permitiam sonhar o futuro.

* * *

Para colocar um ponto final em tudo isto, a brutal guerra. A ela se refere o terceiro momento desta exposição. Podemos começar fazendo a seguinte pergunta: o Belo Monte ameaçou o Estado republicano? Pensemos numa pedra jogada no lago que vai formando ondas que se vão ampliando e ampliando... O Belo Monte, nessa lógica alternativa, no que diz respeito aos trabalhos cotidianos e ao horizonte escatológico, da espera e construção da salvação para além da morte, a comunicação com o transcendente em vários idiomas, se mostrava uma alternativa que incomodava a muitos, ao soar como ameaça e risco para a ordem social e política baiana, e em particular para os fazendeiros e chefes políticos da região, e isso já desde Masseté. Incomodava tremendamente o Barão de Jeremoabo, que lamentava ver suas fazendas e as dos seus compadres de classe praticamente vazias, carentes de mão de obra até então abundante (obviamente um tipo de mão de obra similar à escravidão, mal remunerada). Um tipo de trabalho precarizado, que quem hoje está no poder anseia restabelecer como legal. Aliás, o barão de Jeremoabo dizia que o surgimento do Belo Monte lhe produziu um segundo golpe, sendo que o primeiro havia sido a abolição da escravatura... Foi neste âmbito mais restrito que se desenvolveram os primeiros lances visando a destruição do arraial. A presença expressiva de negras e negros no arraial reforçava o preconceito: ali só viviam monomaníacos, sicários, endiabrados, fanáticos, assassinos, etc.

E ao assim incomodar, o Belo Monte se vê mergulhado num circuito o qual sua gente mal podia imaginar: o barão de Jeremoabo era inimigo político do governador, e este relutava em atacar Belo Monte porque apostava que o vilarejo viesse a contribuir para a desestruturação do controle político que o barão exercia na região. Cisões como esta explicam tanto a ausência de uma repressão imediata à gente conselheirista após Massetê como as articulações que deflagrariam a guerra, três anos e meio depois. O titubeio inicial do governador, que enfim enviou a tropa policial sob o comando do tenente Pires Ferreira (em novembro de 1896), sugere que o movimento conselheirista ainda era tido como problema menor. A fuga da tropa após o combate de Uauá só fez crescer o prestígio do Conselheiro e sua gente, alarmar os fazendeiros e aguçar a crítica dos opositores ao governador baiano, logo acusado de conivente e simpatizante. O fracasso da segunda expedição, que demorou quase dois meses (novembro de 1896 a janeiro de 1897) para se aproximar de Belo Monte e em poucos dias teve sua retirada decidida pelo comandante, o major Febrônio de Brito, evidenciou a luta nos bastidores do poder, com a intromissão do exército, além de mostrar a relutância do governo estadual em agir mais agressivamente, esperançoso dos serviços que o movimento conselheirista lhe poderia prestar na região controlada por seus inimigos políticos.

Mas houve ainda um elemento que fez com que o conflito adquirisse dimensões nacionais. Vitorino Pereira, então vice-presidente da República, era um político baiano e estava no exercício da presidência quando a guerra contra Belo Monte começava, no fim de 1896. Isto porque Prudente de Morais, o presidente, estava afastado do cargo por motivo de doença. Vitorino de alguma forma pretendia utilizar a guerra contra o Belo Monte como meio para dar um "golpe", para usar a palavra do momento. Para ele e os grupos que o apoiavam, o presidente era "prudente demais"...

Na medida em que duas expedições organizadas pelo governo do estado fracassam em debelar o Belo Monte, Vitorino nacionaliza o conflito, ao transferir para a então capital do país as responsabilidades pela repressão. E então o povoado conselheirista se vê inserido em outro circuito de questões, articulações e tramas referentes às disputas pelo controle do poder federal. O empenho do vice em derrubar o titular era apenas um sinal em meio a disputas envolvendo grupos monarquistas, republicanos ligados aos militares, ao antigo governo Floriano Peixoto, e ainda outros vinculados mais de perto à burguesia cafeeira de São Paulo e de Minas Gerais. Nesse contexto o Belo Monte se torna um tema nacional e é transformado no monstro monarquista denunciado pelos periódicos.

Com isso os acontecimentos relativos a Belo Monte passam a repercutir em todo o país. A indicação do coronel Moreira César para comandar a terceira expedição e a posterior nomeação do general Artur Oscar como chefe da campanha seguinte, para dar conta daquela que chamavam "santa causa", são significativas, já que ambos os militares eram ligados aos setores mais radicais e autoritários da República.

A inesperada derrota do coronel e suas tropas nos inícios de março de 1897 só veio reforçar o sentimento então generalizado de que Belo Monte deveria a qualquer custo ser destruído, pois o que estava em jogo era o próprio destino da República. E quando a imagem do arraial como foco de uma conspiração para restaurar a monarquia começar a se desfazer aos olhos da opinião pública será tarde: o pretenso monstro já estava sendo abatido, embora resistisse ferozmente, envergonhando o Exército e exigindo reforço militar ainda maior, nas semanas finais do combate. As *Fake News* já tinham alcançado seu proposito: a essa altura o que se dizia "à boca pequena", anotará Cesar Zama era que não restava outra alternativa senão transformar Belo Monte em "vastíssimo cemitério"...

Mas não podemos perder de vista que, para que essa destruição acontecesse depois de quase onze meses – a guerra durou de novembro de 1896 a inícios de outubro do ano seguinte – a participação das altas esferas da cúpula da Igreja Católica foi decisiva. De certa forma a guerra foi também o desfecho terrível de um conflito que vinha de longa data entre Antonio Conselheiro e muitos padres e a alta cúpula eclesiástica, pois ele era visto como uma liderança religiosa alternativa e concorrente àquela da igreja constituída. Houve a missão do frei João Evangelista, que pretendeu dissolver o arraial por "meios brandos". Mas o missionário, ao ver que não alcançava seu objetivo, ao voltar da missão, faz publicar um relatório pedindo a destruição do arraial sob a alegação de que ali tinha sido constituída uma seita permeada de idolatria e de desvios da doutrina católica e as leis da República não eram obedecidas. Daí as mais altas esferas eclesiásticas se envolveram no tema e até o papa Leão XIII se pronunciou a respeito. Haverá ocasião para aprofundar este assunto, mas vale antecipar que a destruição do Belo Monte significaria o ensejo para que a igreja católica, e sua hierarquia em particular, retomasse o controle direto sobre a população, sem a mediação dessa figura que concorria com vantagem com os padres, com as lideranças religiosas que existiam naquela região. E assim foi selada a aliança entre a Igreja e o Estado. E enfim se perpetra o massacre contra o Belo Monte, que se consuma em 5 de outubro de 1897, data do último conflito, quando só estavam quatro pessoas: dois homens, um velho e uma criança, "na frente dos quais rugiam raivosamente cinco mil soldados", nas palavras inflamadas de Euclides.

Este capítulo visou dar uma panorâmica de como terá sido a experiência de fazer um arraial, viabilizá-lo e depois sofrer e morrer nele, com ele e pelos ideais que ele tratava de efetivar no seu cotidiano. Nos capítulos seguintes será possível focar as lentes e olhar mais de perto os sujeitos, tanto aqueles envolvidos na viabilização do arraial, como os que militaram contra o Belo Monte: a alta hierarquia católica, os poderes da República que de alguma maneira tiveram seu pensamento representado pela pena de Euclides da Cunha, ainda que este expressasse avaliações que não poucas vezes se chocavam com entendimentos e práticas do regime repressor.

Duas últimas observações, no encerramento deste capítulo. A título de informação, vale dizer que as madeiras que foram o estopim da guerra estão expostas no Instituto Popular Memorial de Canudos, na atual cidade de Canudos, na Bahia, e são chamadas na região de "madeiras da discórdia". Chegaram lá muito tempo depois de adquiridas pelo Conselheiro e sua gente. Lá também se encontra o cruzeiro que estava no centro da praça das igrejas, o coração do Belo Monte. É praticamente o único item que sobreviveu à destruição do arraial, uma cruz crivada de balas e em sua base uma placa com as letras AMMC: Antonio Mendes Maciel Conselheiro.

Esta é a primeira observação. A segunda diz respeito à crítica decorrente da análise da tomada euclidiana sobre o Belo Monte que, contudo, constata os méritos de sua palavra poderosa. Concluo este capítulo com a reprodução de uma bela passagem, em que o escritor expressa de maneira muito significativa, quase visível aos olhos que leem, o espírito que animou a gente conselheirista na luta pelo seu bem maior, o próprio Belo Monte. Trata-se da página em que Euclides imagina o caminho daquela gente peregrina, ao mesmo tempo guerreira, para recolher as madeiras acima mencionadas. Sem o saber, ela rumava ao encontro do que seria o primeiro conflito, que inauguraria a guerra, a 21 de novembro de 1896:

Na madrugada desenhou-se no extremo da várzea o agrupamento dos jagunços. Um coro longínquo esbatia-se na mudez da terra ainda adormida, reboando longamente nos ermos desolados. A multidão guerreira avançava, derivando à toada vagarosa dos kyries. Parecia uma procissão de penitência, desses a que há muito se afeiçoaram, os matutos crendeiros para abrandarem os céus quando os estios longos geram os flagícios das secas. Mas não tinham, ao primeiro lance de vistas, aparências guerreiras. Guiavam-nos símbolos de paz: a bandeira do Divino e, ladeando-a, nos braços fortes de um crente possante, grande cruz de madeira, alta como um cruzeiro. Os combatentes armados de velhas espingardas, de chuços de vaqueiros, de foices e varapaus, perdiam-se no grosso dos fiéis que alteavam, inermes, vultos e imagens dos santos prediletos, e palmas ressequidas retiradas dos altares. Alguns, como nas romarias piedosas, tinham à cabeça as pedras dos caminhos e desfiavam rosários de coco. Equiparavam aos flagelos naturais, que ali descem periódicos, a vinda dos soldados. Seguiam para a batalha rezando, cantando – como se procurassem decisiva prova às suas almas religiosas.

Trata-se de uma cena que, se fosse possível, deveria ser lida de olhos fechados, dada a descrição monumental, poderosa, de realismo tal que o leitor imagina estar diante dela: o espírito daquela marcha era o de uma procissão, e não o da guerra. Seus símbolos primordiais eram de paz e reza. Mas se no sertão até Deus deve andar armado, como dirá o genial Rosa, esta gente que buscava reagir aos desmandos perpetrados pelo conluio das autoridades locais de Juazeiro também tinha seus instrumentos. Tratou de buscar a madeira para continuar a construção da sua querida igreja do Bom

Jesus. E o governo estadual, em falta com ela e conivente com o desmando, atacou à bala. E houve reação.

Teriam sido edificados até doze habitações como esta a cada dia, segundo Euclides da Cunha, para acolher quem chegava para inventar o Belo Monte.

III

A TERRA DA PROMISSÃO EM VOZES SERTANEJAS

Trato agora dos caminhos, das utopias, das esperanças e dos impasses vividos por gente como Luiz Inácio da Silva e sua família, desafiada pelos aperreios, como se costuma dizer no Nordeste, pelas exigências da natureza –a seca, a falta d'água – e pelas agruras efeito da estrutura latifundiária, regida pela prepotência dos coronéis. Gente que precisa buscar alternativas para ultrapassar a miséria mortífera. Sabemos que foi esta a trajetória da família do Lula: migrar do interior do sertão de Pernambuco, não para Canudos/ Belo Monte que tinha um Conselheiro, mas para São Paulo, terra da esperança e do desamparo. No final do século XIX as pessoas saíam dos muitos recantos do sertão torturadas pelo sol e pelos coronéis e avançavam para o Belo Monte, para Canudos que se convertia em Belo Monte. Com que propósito? O que diziam? O que revelavam? Temos conhecimento de expressões que foram recolhidas como manifestações daquilo que vinha do mais íntimo da alma daquelas pessoas: seus anseios, desejos, frustrações, expectativas. São vozes do sertão, cujos ecos chegaram apenas por fragmentos. Porque foram poucos os testemunhos escritos do povo do sertão que atravessaram o tempo e sobreviveram. Efetivamente, algumas pessoas registraram por escrito umas tantas expressões da gente sertaneja, mas é preciso reconhecer que o que nos chegou foram retalhos de trovas, de poemas, de denúncias e anúncios... Foram palavras propagadas por missionários, militares, jornalistas; palavras e sentidos que alguém recolheu e registrou... O próprio Euclides da Cunha deixou anotadas em um caderno letras preciosas da poesia popular e mesmo algumas profecias sertanejas, forjadas no Belo Monte, tendo feito disso uso precário e enviesado, o mais das vezes, em *Os sertões*. Mas não há registros mais extensos, a não ser em casos excepcionais, como aqueles, já aludidos, dos sobreviventes que deram entrevistas a um Odorico Tavares, a um Nertan Macedo. E temos as palavras diretas de sertanejos e sertanejas que foram colhidas, esgarçadamente, em momentos diversos da história do Belo Monte. É impactante imaginar a cena de uma senhora, ou de um senhor sendo aprisionado e, debaixo da ameaça que os militares ali representavam, manifestar mais uma vez, com toda coragem, o que foi toda a razão da sua vida naquele arraial.

Com essas vozes colhidas mesmo de forma assim tão fragmentada, chegamos a um instrumento fundamental para desarmar a cada vez mais frágil armadilha euclidiana. Qualifico assim aquele olhar que toma o Belo Monte numa perspectiva fatalista, como alguma coisa destinada inevitavelmente ao fracasso. A visão de Euclides tem outros ingredientes, que vamos encontrar no momento oportuno; por enquanto basta este. Mas não, temos pessoas que foram para o Belo Monte, viveram no Belo Monte, morreram no e pelo Belo Monte e por tudo que é dele e o que o Belo Monte significava para elas. É dessas vozes, destas vidas que será tratado neste capítulo. Proponho refletir sobre elas a partir de um eixo particular, o da recriação de temas e imagens que vêm do mundo da Bíblia, especialmente aquelas imagens que vêm das experiências de luta e de libertação vivenciada por Israel, pelo povo de Israel, como a gente pode ver. São vozes marcadas pelo texto bíblico "relido" à luz de tradições que constituem o sertão ancestral, o sertão profundo.

* * *

Na verdade, a indicação deste caminho é dada por um escritor do sertão, José Aras, filho de pessoas que conheceram o Conselheiro, embora não tenham chegado a conviver com ele no Belo Monte. Desde criança Aras era ouvinte atento das histórias contadas a respeito das pessoas indo para o Belo Monte e sobre como era a vida lá. Muitas de suas observações acabaram sendo registradas num testemunho precioso, *Sangue de Irmãos*. Neste livro publicado em meados dos anos 1950 ele diz que a marcha para Canudos – que logo viraria Belo Monte – lembrava aos seus participantes o povo de Israel, acompanhando Moisés na fuga do Egito, ansiosos por atravessarem o Mar Vermelho e assim se verem livres do faraó.

Um detalhe talvez valha a pena ser notado: Aras fala de fuga *para* o Egito, quando o que o texto bíblico, no livro do *Êxodo*, relata é a fuga *do* Egito. Podemos imaginar alguma confusão, do escritor ou da gente que deixou estes relatos colhidos por ele. Mas talvez a coisa seja mais interessante; afinal, o *Evangelho segundo Mateus* diz que Jesus para escapar de Herodes é levado por Maria e José para o Egito. É possível então pensar que haja aí, na memória e na criação popular, um jogo associando a trajetória dos hebreus que escapam do faraó com a de Jesus que, no colo da sua mãe, escapa do "faraó" Herodes. A motivação dos deslocamentos é a mesma; trata-se da libertação frente ao jogo do opressor. Porque a situação política vivida naquele contexto, naquele cenário, era de coronéis, de barões, de novos impostos, de uma Igreja que está desrespeitando as próprias práticas religiosas populares, entre outras coisas.

Em outro momento Aras mostra que a associação que a gente do Belo Monte fazia com a trajetória do povo hebreu rumo à terra da liberdade ia mais longe. Ele fala de comparações que costumavam ser feitas: o Conselheiro era Moisés, o comunicador das leis de Deus ao povo. Mas há mais: o Vaza-Barris – o rio à beira do qual o Belo Monte era edificado – seria o rio Nilo ou o Mar Vermelho. E o ponto mais alto do monte Cocorobó era o Monte Sinai, o lugar da entrega do Decálogo por Deus a Moisés... Uma autêntica recriação da geografia do sertão conselheirista se delineia diante de nossos olhos, abrindo a possibilidade de adentrar à interioridade e sensações, às expectativas e convicções dessa gente rumando para fazer o Belo Monte.

É toda a saga do êxodo bíblico sendo recriada: atravessar o rio para chegar ao Belo Monte é como atravessar o Mar Vermelho para alcançar a terra da liberdade. Escapar do Egito, escapar da terra da opressão; enfim, para o povo que acompanhava o Conselheiro, que assim se afastava dos feitores das fazendas em que trabalhavam, era como fazer o caminho do povo hebreu. Que depois o Belo Monte seja visto como a terra da promissão não será mera coincidência.

Neste sentido temos um fragmento, talvez o mais precioso de todos com os quais estamos entrando em contato, colocado por escrito por ninguém menos que o missionário frei João Evangelista, no relatório que ele produziu sobre a visita que fez ao Belo Monte. Sem deixar em nenhum momento de carregar nas tintas e no veneno, ele fala a certa altura de "aliciadores da seita" que saíam pelas imediações tratando de convencer as pessoas de que aquelas que quisessem salvar-se deviam deslocar-se para Canudos – ele nunca fala Belo Monte – já que fora tudo estaria contaminado pela República. E garantiam que lá no arraial não seria preciso trabalhar, pois se estava em nenhum outro lugar senão "a terra da promissão, onde corre um rio de leite e são de cuscuz de milho os barrancos".

É óbvio que repercutem aí os ecos do texto bíblico do livro do Êxodo, em que Deus se dirige a Moisés, convocando-o a liderar o processo de libertação do povo hebreu frente ao poderio do faraó:

> Eu vi a aflição do meu povo no Egito [...] e sabendo qual é a sua dor, desci para o livrar das mãos dos Egípcios, e para o fazer passar desta terra para outra terra boa e espaçosa, para *uma terra onde correm arroios de leite e de mel...* (Êxodo 3,7-8: o destaque é meu)

São muitas as passagens da Bíblia em que se encontra tal expressão para designar a terra reconhecida por Israel como herança divina. Aqui estamos num contexto de anúncio de que a escravidão e a opressão estão para cessar, e o que se vislumbra é uma vida nova, em liberdade e fartura. Vale então refletir sobre o cenário que a escrita de frei João sugere para esta recriação dos dizeres bíblicos em terras conselheiristas. Inicialmente o missionário fala de "aliciadores" de uma "seita", seguramente termos que compõem aquele léxico que ia sendo construído aos poucos, com a ajuda do próprio frei João, para demonizar e desqualificar o Belo Monte. Seja como for, imaginemos que ele esteja pensando em pessoas que saem do Belo Monte levando produtos do seu trabalho para comercializar nas feiras das vilas da região. Obviamente essas pessoas não trocam apenas os bens, mas também impressões, informações, notícias. Numa feira como a de Uauá ou em outros lugares, é natural que chegue alguém e pergunte para o conselheirista, um destes "aliciadores", sobre como é viver lá no Belo Monte. A resposta bem poderia ser: "lá é a terra da promissão, lá os barrancos são de cuscuz de milho e o rio é de leite"...

Já a palavra "seita" tem, no linguajar convencional, uma conotação pejorativa. Ela em geral se refere a grupos religiosos à margem, fechados, suspeitos por essa ou aquela razão. E não é outro o tom com que frei João caracteriza o Belo Monte. Ele inclusive se vale dessa palavra em seu relatório. E os aliciadores da seita apelariam a um item fundamental, que não é possível ignorar, o tema da salvação: "se você quiser se salvar deve ir para o Belo Monte..." Muitos equívocos interpretativos foram cometidos a respeito deste assunto, que reaparecerá em outros momentos deste livro. Aliás, uma das bases da incompreensão e das confusões de Euclides a respeito do que Belo Monte significou para sua gente é exatamente esse assunto. Então é bom já propor algumas pontuações a seu respeito.

A salvação apregoada pelos "aliciadores" de que fala frei João deve ser entendida em toda sua densidade escatológica. Esclareço que "escatologia" é um termo que vem da teologia, e se refere à reflexão sobre o destino último do ser humano a partir de sua morte (*éskhaton*, em grego, significa "último", "o que vem por fim"). Assim sendo, "salvação" diz respeito à vida eterna e feliz que, de acordo com a doutrina católica, aguarda quem for fiel, que assim escapa da ameaça terrível da condenação interminável no inferno.

Mas não é só isso. Neste horizonte escatológico o Belo Monte tinha uma significação toda particular para a gente que o habitava e o fazia viável para ainda mais pessoas atraídas por ele e pela esperança que suscitava. Ele é visto como mediação, ele torna possível a salvação, em particular por conta da presença decisiva do Conselheiro como seu líder. E aí as coisas se complicam, como se pode verificar em outro momento do relatório, em que frei João registra uma reação da gente belomontense a sua atividade missionária, convicta de que não tinha necessidade dos padres para alcançar a salvação. Motivo: tinham o seu Conselheiro... O arraial abre, portanto, as portas da salvação a quem queira viver nele e com ele se comprometer: uma salvação materializada aqui (a terra da promissão) e no além (o céu). Salvação que justamente a Igreja dos padres, corruptos e mancomunados com a maldita República, tornou-se incapaz de proporcionar.

 A este assunto da relação entre a Igreja e a República voltarei mais à frente. Aqui me fixo na expressão "contaminado pela República", que frei João afirma ser parte da "propaganda" conselheirista. Dando o devido desconto à escrita do missionário, sempre disposta a acusar e ridicularizar, pode-se notar em vários testemunhos este entendimento de que fora do Belo Monte as coisas estão tomadas pelo Anticristo. Ele chegou "para o mundo governar", diz um verso de cordel recolhido por Euclides, e o Conselheiro dele livra sua gente. É preciso mais uma vez tomar as expressões em sua adequada densidade. A República, tão mal falada pelos padres, chegou ao sertão na forma de novos impostos e reforçando o poderio dos senhores de sempre na região, o que veio acentuar o entendimento de uma crescente dissociação entre a lei dos homens e a divina. Nas trovas colhidas por Euclides se fala de um conflito entre a "Lei de Deus" e a "Lei do Cão", manifestado, entre outras oportunidades, no momento das eleições, realizadas com toda sorte de abusos e corrupções, como bem se sabe. Até a figura lendária de D. Sebastião, aquele rei português do século XVI desaparecido numa batalha no norte da África, cuja vinda era esperada aqui ou ali, é invocada para condenar quem estiver fora do grupo fiel. A implantação do casamento civil, rompendo a sacralidade atribuída ao vínculo abençoado pelo sacramento, é outra obra republicana que mostra consciência de um conflito multidimensional em cujo centro está o vilarejo conselheirista. E quando a guerra chegar, será entendida como ataque do mundo do mal, do qual só Jesus pode livrar.

É particularmente em torno da figura do Anticristo que se configurarão os receios da gente conselheirista, bem como sua compreensão do momento que lhe cabia viver. Mas é interessante notar que as menções a esta figura, que povoava o imaginário cristão havia tantos séculos, e no sertão tem significativa relevância, no caso do Belo Monte não ocorrem em função de uma contrapartida divina (ou de algum representante seu) que estaria por acontecer. Em muitos casos sua ação era vista em associação com o juízo final que estaria próximo, ou como prenúncio de uma intervenção divina para restaurar a boa ordem das coisas, transformando-a eventualmente numa reedição do paraíso dos tempos iniciais da criação. Mas no âmbito da vila conselheirista ela parece ter surgido não tanto em conexão a um futuro espetacular, em que seria eliminada, mas como atualmente presente, determinando as ações ao redor, desmantelando princípios e certezas. Ele surgiu em tempo recente – este parece ser um sentimento generalizado no Belo Monte –, o que remete inevitavelmente para a implantação do novo regime político no país, aprofundando o conflito entre duas ordens, duas leis. O que se vive no Brasil de então é a derrocada da lei de Deus e o triunfo dos desígnios do Maligno. Proclamada a República, o embate por enquanto tem a vitória do Cão e seus agentes, que implantaram as eleições e o casamento civil, e tiraram do catolicismo seu lugar de religião oficial. O pessoal da vila sabe: está em meio a uma guerra de múltiplas faces, já antes de 1896 e para além dos eventos que haviam culminado no embate de Masseté.

* * *

Vamos adiante, porque o registro de frei João sobre a propaganda feita a respeito do arraial conselheirista dá ainda mais o que falar. Segundo ele, os "aliciadores" diziam que no Belo Monte nem é preciso trabalhar! Certamente esta afirmação soou aos ouvidos do missionário como indicação clara de que o Belo Monte não seria outra coisa que um antro de vagabundagem. Ele justamente não estava ali disposto a considerar metáforas, símbolos... Mas há uns tantos estudos que mostram formulações semelhantes, inclusive na Europa dos tempos medievais, que de lá chegaram, por meio das dinâmicas da colonização para cá, adentrando o sertão. São textos populares mencionando, por exemplo, terras em que as enxadas trabalham sozinhas. Mas o que indicam imagens como essa? Longe de remeterem à envenenada ociosidade que o missionário e os fazendeiros da região se apressariam a atribuir à gente do Conselheiro, elas apontam para a festa e para a alegria, para a leveza de um cotidiano livre de verdugos opressões e maus tratos.

Quando em alguma vila das imediações um conselheirista falava "lá não é preciso trabalhar", seguramente o que seu interlocutor entendia era: "lá você trabalha com alegria, não sob ameaças e açoites; não é preciso penar". É muito pedir a frei João que entenda esta nova lógica que dava sentido aos trabalhos e aos dias do Belo Monte.

Até porque ali é a terra da promissão, ali corre um rio de leite, os barrancos são de cuscuz de milho: estas formulações, se não tocaram mentes e corações comprometidos com a lógica do poder dominante, ressoam em sua beleza e profundidade poéticas, temperadas com os elementos da culinária local, reescrevendo o mito bíblico da abundancia e da bênção.

E foram várias as manifestações e variantes em torno deste mesmo tema. Por exemplo, num poema composto em 1898 por um não-conselheirista, morador de Simão Dias, uma cidade do Sergipe pela qual passou uma das expedições militares contra Belo Monte. Mas antes haviam transitado por ela muitas e muitas pessoas em direção do povoado. Manuel Pedro das Dores Bombinho registrou em seu trabalho muito do que viu e ouviu: as pessoas levando o que tinham, os seus poucos pertences, ansiosíssimas para chegar no Belo Monte, porque lá "se come maná" (recordemos, alimento a sustentar os hebreus saídos do Egito na travessia do deserto, segundo a Bíblia!) e corre "um rio de leite"; quanto ao Conselheiro, "ele é um santo"...

Expressões semelhantes encontramos em testemunhos dos descendentes do grupo indígena já mencionado, os Kiriri. Segundo eles, Antonio Conselheiro teria falado de sua missão, para o bem de todos, convocando as pessoas para acompanhá-lo. E a reação entusiasmada foi referir-se tanto ao rio de leite que jorrava dos morros, como aos barrancos e às ribanceiras feitas de cuscuz "para encher a barriga", e ainda à construção da igreja. Estes foram registros recolhidos numa pesquisa de campo realizada em fins dos anos 80, começo dos anos 90 do século passado; portanto, cabe pensar que aquilo que frei João tomou como injúria quase cem anos antes permaneceu na memória saudosa de algumas gerações, acompanhado, obviamente, do lamento, pela destruição que sobreveio àquela fabulosa invenção. De outro grupo, os Kaimbé, não proveio coisa diferente: a notícia do "rio de leite" e da "serra de cuscuz" que faz tanta gente deslocar-se para o Belo Monte; lá as pedras se convertiam em pão e água do rio virava leite. Não faltava comida; as pessoas levavam sacos da farinha preparada nas próprias roças e se dirigiam ao arraial com as cargas na cabeça ou no lombo de algum burro ou jegue: "iam comer lá". Já a brutalidade da guerra e do consequente massacre é recordada com as imagens ao avesso: em vez de leite, o rio era de sangue; a serra de cuscuz fora substituída por montes de cadáveres empilhados uns sobre os outros...

Houve ainda outras variações. Trovas populares garantiam que o sertão inteiro ficou ciente da fartura experimentada no Belo Monte, com seu rio de leite e pedras transformadas em pão. E a isto se somava ainda a habilidade curativa do Conselheiro em favor de tantas pessoas inválidas e impossibilitadas para o trabalho no vilarejo conselheirista. Elas eram acolhidas e certamente faziam com que se entoasse nos cantos todos do sertão a seguinte quadra, colhida por Calasans: "Quem quiser remédio santo / lenitivo para tudo / procure o Conselheiro / que está lá nos Canudos"...

Vale, ao final desta coletânea de testemunhos a respeito do "pedaço de chão bem-aventurado" – expressão com que o já conhecido Honório Vilanova se referia a Belo Monte – recolher a reflexão do notável sociólogo francês apaixonado pelos encantos e exotismos do Brasil que foi Roger Bastide. Em uma obra importante que publicou em meados do século passado, *Brasil, terra de constrastes*, ele fala da visão de mundo da gente sertaneja marcada pela miséria e pela seca, pela morte e pela cruz, que não deixa de sonhar com uma terra recortada de riachos, com a vegetação a perder de vista, pródiga em frutos. O horizonte de suas utopias estava configurado por uma mescla entre o mito autóctone da "terra sem males" e aquele da "terra prometida" chegado a estas terras com a colonização. Notável observação! Infelizmente, porém, por confiar demasiadamente em Euclides, Bastide por um lado tende a interpretar em termos de misticismo fanático as manifestações populares associadas àquela articulação mítica entre a "terra sem males" e a "terra prometida"; por outro, não consegue perceber como Belo Monte trata de efetivar na história a referida articulação, que aqui ganha a feição de um cruzamento entre as Terras indígena e bíblica, sintetizando a cosmovisão da gente que se fixou à beira do Vaza-barris com o Conselheiro e explicando admiravelmente o sentido que a vila possuía para essa gente.

* * *

Mas é claro que o cenário muda com o advento da guerra... Passados quase três anos e meio do estabelecimento do Conselheiro na Canudos que se converte em Belo Monte, começam os combates. E as coisas se veem ameaçadas, comprometidas. Mesmo assim a população da vila não diminuiu; pelo contrário, e por incrível que pareça, ali permaneceu, "rezando e caindo na bala" nos dizeres de um descendente da gente Kiriri que apostou no Belo Monte. E temos notícias de que pessoas de vários cantos do país foram para a vila depois que souberam que a guerra tinha começado, em novembro de 1896.

E o que sobrou dos testemunhos a respeito de como a guerra foi experimentada e sentida pela gente sertaneja? Em uma carta enviada por uma mãe conselheirista a um filho que não estava no Belo Monte, pois lá não vivia, enviada no dia 5 de dezembro de 1896 (recorde-se que o primeiro combate se deu quinze dias antes), ela lhe diz, depois do tradicional "louvado seja nosso Senhor Jesus Cristo", que o tempo está findando, e se aproxima o momento da salvação das almas. Que não demore para vir, trazendo o título de eleitor, caso tenha sido utilizado com os republicanos, para o Conselheiro rasgar e queimar.

Esta carta acabou sendo publicada num periódico da época; por isso nos chegou ao conhecimento. Nela não aparece nenhuma indicação de que o projeto Belo Monte teria falhado ou fracassado, ou que fosse inviável. Pelo contrário: a esperança pela salvação é que explica por que estas pessoas permaneceram aguerridas para enfrentar os horrores da guerra, cujo tamanho elas sequer imaginavam. Em outra carta que também sobreviveu ao tempo se fala do apelo que o Conselheiro teria feito para que se chamassem familiares e conhecidos para o Belo Monte. O início dos combates teria sido um sinal: "chegou a hora do Salvador".

Mais uma carta: esta foi interceptada logo depois que a terceira expedição foi rechaçada pela gente conselheirista. Foi publicada em vários periódicos com variações no nome do autor; fico aqui com Ezequiel Pereira de Almeida. Ele celebra a vitória sobre as tropas comandadas por Moreira César e está convencido de que as perseguições se encerraram. Foram três ataques, mas o bom Jesus "tudo venceu". O Conselheiro está à espera de mais gente convertida, a República não demora a cair e a monarquia volta. Quem quiser se salvar deve vir para a "barquinha de Noel", que "é o Belo Monte, não outro"!

São cartas enviadas por conselheiristas na época da guerra: ela já está acontecendo, mas a esperança não morre... A República se acaba... como se esse mundo se acabasse e começasse outro...

É nesse sentido que deve ser encarado o tema do fim do mundo, não pela via da caricatura que Euclides e tantos outros depois dele fizeram ao caracterizar a gente do Belo Monte como amalucada, lunática e fanática, esperando o fim do mundo como alguma coisa vinda do nada... Muito diferente disto é o entendimento de que o Belo Monte, na experiência que o efetiva, na significação que carrega e no ódio que incita, antecipa o fim dos tempos. As pessoas não foram esperar o fim do mundo em Belo Monte; o fim do mundo dessas pessoas foi produzido, perpetrado pela República dos coronéis e dos mandões de sempre e nem assim elas entregaram os pontos... "Este é o momento de salvação das nossas almas... A barquinha de Noel está aqui... É preciso vir logo". Essa dimensão escatológica aparece nos testemunhos tardios referentes à gente do Belo Monte, e precisa ser entendida à luz de uma transformação, de uma guinada que a experiência no arraial sofreu vinda de fora, dos agentes do Anticristo, da República, do mal, dos que chegaram com a bala e o canhão e que, na verdade, já tinham dado a antecipação do que eram capazes de fazer ao proibirem a entrega das madeiras para a construção da igreja.

E aqui vale mais um esclarecimento. Estes são testemunhos que têm uma forte carga escatológica. Quando se associa o conceito de escatologia com o de apocalipse, a referência fica mais definida, com respeito a um certo entendimento de que o fim está próximo. É o que se começa a sentir no Belo Monte com o início da guerra. Então esses testemunhos escatológicos-apocalípticos que vêm das expressões populares, pelo menos alguns deles, estão registrados no caderno de anotações escrito por Euclides. Por outro lado, expressões deste teor não se encontram nos escritos do Conselheiro. Este é um ponto chave, porque Euclides confundiu tudo e deslocou – de forma no mínimo desatenta – estas formulações do terreno da apocalíptica popular mais geral para o âmbito da pregação do Conselheiro. Veremos que o Conselheiro conduzia suas reflexões por caminhos bem distintos. Quando alguns destes fragmentos apocalípticos aparecerem nas páginas d'*Os sertões* já estarão reenquadrados e situados dentro do molde teórico e narrativo que seu autor construiu.

Por fim vale recuperar um último testemunho, já do fim da guerra, de uma senhora que provavelmente, depois de ter falado o que falou, deve ter sido morta, ou sequestrada ou estuprada, ou tudo isso junto, como ocorreu com tantas e tantas e tantas pessoas.

Ameaçada por um soldado que invadiu o pobre casebre em que vivia, ela disse – certamente apontando o dedo ao militar, imaginemos a cena – algo como o seguinte: "não temos fome e no dia em que o Conselheiro quiser, converterá em fubá as barrancas do rio e as águas se transformarão em leite. Vão embora, enquanto é cedo"! Este testemunho é chocante, porque indica que no extremo, no momento em que a vida está por um fio, pelo fio de uma espada ou a alguns metros do disparo de uma bala, essa mulher confronta e enfrenta os seus agressores, os seus violentadores. Diante da fome trazida pela guerra, "não temos fome", é o que ela proclama, recuperando o tema já tratado, aquele registrado por frei João já havia dois anos, o do fubá (cuscuz) e do leite. A guerra, até quase seu final, não levou embora a esperança, a esperança daquela gente...

A utopia do sertanejo, a utopia do povo mais pobre no Brasil, como de resto em tantos outros contextos sociais e culturais, está vinculada à ideia de um grande banquete, à ideia de que há alimentação para todos. Toda utopia formula o oposto e a superação do drama da situação vivida... e diante da situação de miséria, de fome, a utopia é a abundância de comida. Isso é muito relevante e remete mais uma vez a Lula, à sua sabedoria do nosso personagem nordestino. Não por acaso, a primeira ação de seu governo no Belo Monte que é o Brasil foi o programa Fome Zero, que depois se desdobrou numa série de iniciativas.

Em geral entendida como um não-Lugar, o termo "utopia", dada a sua etimologia, pode ser entendido também como o bom-Lugar. O Belo Monte era antes um não-Lugar, e foi feito bom; não apenas foi feito o lugar, mas foi feito o bom lugar para se viver e, se necessário, morrer em, com e por ele. Afinal, dizia um adolescente aprisionado e submetido a interrogatório do qual Euclides participou, o Conselheiro prometia que a morte na luta trazia o mais ansiado dos presentes: "salvar a alma".

> Apontamentos dos Preceitos
> da Divina Lei de Nosso Senhor
> Jesus Christo, para a salvação
> dos homens.
>
> Pelo Peregrino
> Antonio Vicente Mendes Maciel.
> No Povoado de
> Bello Monte, Provincia da
> Bahia em 24 de Maio de
> 1895.

Página de abertura dos "apontamentos" de Antonio Conselheiro, após transcrição interrompida do Novo Testamento.

IV

A OBRA DO "PEREGRINO": LETRA E VOZ

Chegou o momento de abordar os elementos que inscrevem a posição subjetiva do Conselheiro em seu mundo e no mundo daqueles que o tomaram como representação de sentidos diversos. Trata-se de visitar as raízes da trajetória de um homem que marcou a vida do povo mais pobre do sertão brasileiro, ao longo do século XIX: Antonio Vicente Mendes Maciel, que ficou conhecido como "Antonio Conselheiro". Esse nome e suas significações sairão dos confins do sertão nordestino para repercutir nos ouvidos da nação pela via da letra de Euclides da Cunha, veículo de propósitos bem definidos em *Os sertões*. O tecido desta invenção tinha em suas fibras absoluta indisposição com o personagem, que figura na saga vilipendiado, destituído de seu caráter histórico, numa caricatura por demais dissimétrica, adequada em extremo aos propósitos da obra. Percorrerei caminhos alternativos, procurando recuperar traços deste sertanejo ímpar nascido no interior do Ceará em março de 1830 com um ânimo peculiar para edificações de toda ordem, capaz de desenvolver uma trajetória surpreendente sob muitos pontos de vista, inclusive uma produção escrita, que merece particular atenção. Esta produção surge nos seus últimos anos de vida, quando já está instalado no Belo Monte, liderando sua grande obra que é a viabilização de uma cidade, concebida numa lógica própria, alternativa às convenções negligentes do Estado, que viabilizasse condições adequadas de vida a um contingente miserável marcado pelas desigualdades e violências políticas, econômicas e sociais, resultantes do descaso e propulsoras do desamparo. Seu ânimo buscava mais que a sobrevivência; atentava para o bem, a alegria, e a satisfação aqui na terra, assim como a salvação no além, após a morte. Sem dúvida esta foi a grande obra que o Conselheiro legou para sua gente, para o Brasil, um legado de invenção na resistência, em uma palavra, a *utopia* de que falava ao final do capítulo anterior. Contudo, a alternativa era grandiosa demais, e afetada por jogos de sentidos e de interesses complexos, divergentes e mesmo antagônicos, para ser acolhida como efetiva possibilidade em prol daquela gente execrada e descartável. As elites brasileiras não mediram esforços para ver destruída a possibilidade que esta alternativa liderada pelo Conselheiro representou, e teimosamente vem representando cada vez mais.

* * *

Começo então a tratar de Antonio Conselheiro atendo-me a alguns elementos de sua biografia.

Antonio Vicente – nome composto em alusão ao padroeiro da cidade de Quixeramobim, interior do Ceará, e ao próprio pai – viveu de 1830 a 1897. A casa em que lá viveu, hoje um singelo memorial que tive o enorme prazer de conhecer na circunstância da celebração de seu aniversário, foi o cenário básico dos acontecimentos de sua infância, juventude e primórdios da vida adulta. A trajetória que segue daí até o Belo Monte de 1897 pode ser dividida em três momentos fundamentais, de distintas durações, quanto aos quais Euclides venenosamente sugere terem sido vividos em progressiva ociosidade. Absoluta distorção, mais uma, que pode ser conferida na trajetória do Conselheiro, hoje bem conhecida pelos estudiosos do Belo Monte, que vai fazer dele a figura que acabou se tornando referencial para milhares de pessoas, notadamente aquelas que foram viver com ele, construir com ele e, enfim, morrer com ele no Belo Monte.

Tais momentos são os seguintes: a) os primeiros quarenta anos, vividos no sertão do Ceará no exercício e na responsabilidade com atividades várias, em meio a dois relacionamentos amorosos mal sucedidos; desse período sobressaem-se os tempos da infância e da adolescência, em que os caminhos trilhados por aquele Antonio antecipavam o Conselheiro que ele viria a ser; b) depois de dois ou três anos, nos inícios dos anos 1870, dos quais nada se sabe, surge o peregrino, o congregador de gente para rezas, andarilho pelos caminhos do sertão, para admiração de seu séquito e temor de fazendeiros, políticos e padres, que tentam de toda forma silenciá-lo; c) após quase vinte anos de andanças, terminados em 1893 com o já mencionado embate de Massété, o assento final em sua obra decisiva, o Belo Monte, que os poderes constituídos de sempre converteram em inferno e cemitério de homens e mulheres aos milhares, e das esperanças múltiplas que com eles ganhavam corpo e horizonte. Se a guerra se prolongou até o dia 05 de outubro de 1897, Antonio Conselheiro tinha falecido quase duas semanas antes, a 22 de setembro.

A primeira etapa, mais longa, vai até perto de 1870. Nesses tempos, em meio a tantas coisas corriqueiras, ocorreram fatos marcantes, que pouco a pouco esboçarão a vida na direção do que as fases posteriores vão evidenciar.

As circunstâncias que rondaram o nascimento e a primeira infância do futuro Conselheiro eram particularmente dramáticas. As rixas envolvendo as tradicionais famílias Araújo e Maciel, a primeira bastante abastada, a segunda bem pouco, já haviam feito várias vítimas fatais em emboscadas, condenações forjadas, etc. O menino nasceu e cresceu sabedor destas histórias e outras, ocorridas inclusive na intimidade do lar que o viu nascer. Contudo, o importante não está aí e sim no fato de que tantos que escreveriam sobre o Conselheiro (tendo à testa, obviamente, Euclides da Cunha) tomavam esta situação familiar do pequeno Antonio como a explicação para a "índole violenta" que supostamente caracterizaria sua atuação posterior. Mais razoável seria pensar por um outro viés: a identificação com os avatares da vida de um juiz de Quixeramobim que, indignado com o festival de horrores a dilacerar o tecido social da região, sensível às demandas do lado mais fraco – o dos Maciéis –, esforçado por deter a espiral de violência que por aqueles tempos grassava, deixaria, já maduro, sua toga para fazer-se padre e se converter no Mestre Ibiapina, dedicado àquela gente do sertão que um dia o Conselheiro reconheceu como "mal-aventurada". Desde pequeno até se fazer Conselheiro, Antonio viveria referido aos rastros de Ibiapina, indagando-lhes os sentidos.

Assim, este cenário da violência mais brutal já recebe Antonio Maciel de maneira muito intensa. Outro aspecto digno de nota tem a ver com o falecimento da sua mãe ainda na sua infância, e o novo casamento do seu pai, que impõe uma relação difícil com a madrasta.

Seu pai, Vicente, era proprietário de um armazém na cidade de Quixeramobim, na casa já referida. Em algum momento pretendeu que Antonio se tornasse padre, uma honraria almejada por muitas famílias. Para tanto, conduziu-o para estudos com o vigário da cidade, algo fundamental para que ele viesse a adentrar no universo da cultura letrada, ainda que nas condições e limites impostos pelo longínquo sertão. Terá sido aí que Antonio desenvolveu a bela caligrafia estampada em dois cadernos por ele produzidos já no fim de seus dias e finalmente disponibilizados ao conhecimento público? Ele ainda teria outros guias no caminho dos estudos.

Há testemunhas dando conta de que esse convívio com o vigário fez dele um leitor ávido. Aprendeu um pouco da gramática da língua portuguesa, um tanto de Latim, eventualmente outra porção de Francês. E junto à Matemática veio a adquirir não poucas noções de construção, que hoje associaríamos à Engenharia e Arquitetura. Tudo isso haveria de subsidiá-lo na série de obras que empreendeu na sua trajetória, nos seus caminhos pelo sertão e no próprio Belo Monte.

Obviamente, o Conselheiro não se tornou padre, mas adquiriu o gosto pelos livros, pela leitura, o que lhe confere uma distinção junto a sua gente. Os livros que por ali circulavam – cavalarias medievais aventureiras, textos religiosos vários, entre outros, depois o fariam autor, e o deixariam versátil para o exercício de tantas atividades como as exigidas de um líder multifacetado junto a quem apostariam suas vidas e esperanças milhares de homens e mulheres do sertão. E é de conhecimento que, nestas frequências escolares, foi colega de figuras que alcançariam algum renome na cena daquelas paragens e tempos. O sertão de Quixeramobim e do Ceará mais amplo: teria sido ele o responsável por fazer de Antonio o "homem biblado", reconhecido como tal por alguém que o conheceu quando ele já peregrinava pelos caminhos empoeirados e cálidos da Bahia?

Se não sabemos a que alturas Antonio poderia ser visto como alguém versado nos textos sagrados cristãos, não é difícil perceber como o acesso que teve às letras e a outros saberes escolares fez dele alguém diferenciado, mesmo em relação aos outros que compartilhavam condições sociais semelhantes às suas, que não eram exatamente das mais precárias. Sem, no entanto, ter ascendido a lugares e funções que o distanciariam da gente mais sofrida do sertão – muito pelo contrário – o repertório cultural significativo que acumulou, particularmente no tocante a temas religiosos, mostrar-se-ia decisivo para que Antonio viesse a ser o Conselheiro. O latinório frequentemente citado em seus sermões – temos registros a respeito – impressionava quem o ouvia e certamente carregava em autoridade os conteúdos que proclamava. As aulas que teve o habilitaram a, mais adiante, encarar os textos bíblicos, mas não só eles: também *best-sellers* da literatura religiosa da época passarão pelo crivo de sua leitura atenta e crítica. Voltarei a este tema e a estas obras mais adiante.

Mas as aulas não ficaram apenas nisso, de aprender o básico do ler, escrever e contar. O manejo dos títulos acima mencionados, constatável numa leitura – que precisa ser cuidadosa – dos cadernos que levam o seu nome, mostra um Antonio que sabe muitíssimo bem dialogar com estes e outros textos que lhe chegam às mãos. Diferentemente do que comentaristas apressados têm afirmado aqui e ali, ele não se contentava com reproduzir ou transcrever páginas destes escritos. O mestre de Quixeramobim o terá instrumentado para dialogar com os textos, e assim interpretá-los, contestá-los, e criar a partir deles o "*seu* pensamento sobre religião", nas palavras de um afilhado seu. Este pensamento, forjado desde as primeiras labutas, passando pelas agruras familiares e do coração, calejado de tantas e tantas andanças no sertão interagindo com a gente mais destroçada e humilhada, quem imaginaria ir tão longe e ser capaz de conceber uma cidade e fazê-la acontecer junto com milhares de seguidores?

Voltarei mais adiante a suas leituras e ao impacto delas em sua obra escrita, e para além dela. Por ora, voltemos a Quixeramobim.

Antonio, já com seus vinte e cinco anos, aproximadamente, perdeu o pai e acabou por se tornar o responsável pela condução dos negócios da família, que já não iam bem. Acontece que para isso justamente ele reconhecia não ser habilidoso, e de fato, não consegue reverter a situação já difícil, atravessada de diversas dívidas. Os negócios foram à falência. Algumas dívidas ficaram em aberto, e o Conselheiro teve que resolver isso penhorando, abrindo mão de bens.

Avanço um pouco no tempo, mas logo retorno. Por volta de 1887, já passado bastante dos cinquenta anos, dizia a um colega desejar pagar um voto que fizera, na Bahia, a são Francisco, aquele do Canindé. Viera cumpri-lo, mas não se deteria aí, pois deveria seguir "para onde me chamam os mal-aventurados". A referência pelo avesso à famosa expressão bíblica não é fortuita: mal-aventurados são os pobres miseráveis do sertão. Esta formulação é fundamental para que se possa acompanhar os elos que o Conselheiro seguia estabelecendo, de maneira bastante articulada, e as razões de fundo pelas quais ele catalisará o ódio e o desprezo das elites. Qualquer semelhança com o que vivemos nos sombrios tempos atuais não é mera coincidência...

Efetivamente, tal comunhão com a gente maltratada pelo sol inclemente do céu e pela cerca latifundista-escravocrata da terra não era algo que só em 1887 haveria de ocorrer. Muito pelo contrário: era marca de sua trajetória não apenas por uma opção decidida, que daria rumo a seus trabalhos e dias, mas algo que os próprios desafios e agruras do cotidiano lhe iam imprimindo. Exatamente estas de que estou tratando. Junto com o conjunto de dívidas a saldar, um casamento que não demoraria a se mostrar fracassado. Depois de encerrados os trâmites referentes à falência anunciada, Antonio e Brasilina, sua mulher, deixaram Quixeramobim rumo a uma fazenda, oito léguas distante, onde ele se fez professor. Há uma foto muito antiga, das ruínas de uma fazenda onde havia um lugar em que o Conselheiro dava aulas. Ele alfabetizava, provavelmente as crianças, adolescentes e eventualmente outras pessoas ali das cercanias. A memória do futuro Conselheiro como professor está muito presente em Quixeramobim e nas cercanias.

A vida se lhe tornava peregrina: Tamboril, Campo Grande – onde por algum tempo será caixeiro de um major –, até o converter em rábula, advogado dos pobres, na mesma Campo Grande e logo depois em Ipu. Em nome deles e em seu favor redigia as petições. Tomava ciência de outras agruras enfrentadas por sua gente. Ia aprofundando seu envolvimento e compromisso com os mal-aventurados. A ruptura do vínculo matrimonial, sobre o que correram lendas de toda ordem (que o fariam inclusive ser preso), o fez sair de casa, abandonando aquela que o traía com um soldado, retornando ao Tamboril como professor, sem ali se demorar muito tempo, já que se instalaria por dois anos – rábula novamente – em outra vila, Santa Quitéria, e reencontraria o amor junto a uma santeira: Joana Imaginária, uma daquelas artesãs populares tão conhecidas no Nordeste, hábeis no manejo da madeira e da argila para a confecção das imagens. Do envolvimento amoroso com Joana nasceu um filho. Aliás Conselheiro já tinha filhos do primeiro casamento, mas a itinerância que lhe marcará a vida acabou por afastá-lo deles. Joana não se dispôs a este estilo de vida, e o futuro Conselheiro a deixou com o filho, que mais tarde vai encontrá-lo no Belo Monte. Chamava-se Joaquim Aprígio.

Pelos idos de 1865 eis Antonio de novo, só e a pé, em Campo Grande, depois no Crato, em sua cidade natal, e em tantas estradas, vendendo quinquilharias e ouvindo pregações de missionários ambulantes. Réu pela dívida que não tinha como pagar, viu-se obrigado a aceitar a penhora do que lhe restava de bens.

A toda esta espoliação e pauperização Antonio Maciel se submeteu: em silêncio? Indiferente? Seguramente a esse tempo a devoção e a reflexão já lhe apontavam outros caminhos e possibilidades: a vida errante não como privação ou mera penitência, mas como possibilidade para o novo, um reencontro com os caminhos de Deus no contato com a gente, andarilha como ele – mas sem rumo e ao sabor dos humores do clima e dos coronéis. Virou a década: Antonio sumiu; as notícias a seu respeito, já esparsas, rarearam de vez. Passagens por outros cantos do sertão são notadas: apenas vestígios dele que, depois de uns anos, reaparecerá beato para logo ser chamado "o Conselheiro". Estava delineada a segunda fase de sua trajetória, a do "peregrino".

Antes de passar à segunda fase, vale chamar a atenção para um fato de monta. Quando o Conselheiro é traído pela mulher, ele adota o caminho que justamente lhe suscitará esta nova fase da vida. O modo como enfrentará a traição de sua mulher é elemento revelador de um traço marcante em seus atos: a responsabilidade. Ele reinventará seu caminho e sustentará o de tantos outros na condição de líder. Isso é uma mostra da distância que existe entre a alcunha de "louco", "degenerado", "perigoso" estabelecida por Euclides da Cunha, que curiosamente, tão cônscio de sua civilidade, em condições semelhantes parte para um assassinato que acabou por colocar fim à sua própria vida. Em tempos de ódio e de Bolsonaro, quem defende a "honra" à moda de Euclides se faz digno de todo elogio. Mas quem segue o caminho do Conselheiro, o de buscar uma nova direção, repensar a vida e levá-la adiante em perspectivas que rompam o circuito da vingança e da violência tende a ser enxovalhado. Nada melhor que o passado para que entendamos o presente...

***

Sim, "peregrino": com esta alcunha Antonio, já tão afamado como o Conselheiro do Belo Monte e o subversivo das leis da Igreja e da República, se apresentará nas folhas de rosto dos dois cadernos manuscritos que deixará para a posteridade. Comerciante, vaqueiro, professor, caixeiro, rábula, não necessariamente nesta ordem, numa cidade e noutra, ao abrigo duma e doutra fazenda, topando com pobres e miseráveis de todos os matizes encontráveis naquelas paragens, Antonio aos poucos ia descobrindo sentidos para os trilhos de sua existência. Vai fazendo do caminho seu modo de viver, à semelhança daquele Bom Jesus que haverá de apresentar a tanta gente que lhe vier ao encontro; aquele que, garantem os evangelhos, não tinha uma pedra em que reclinar a cabeça. À semelhança daquele seu devotado são Francisco das Chagas, do sertão de Canindé, e diante dos exemplos concretos dados pelos missionários. O mundo das referências católicas tão entranhadas na cultura popular sertaneja, a teia que o sustentaria ao longo dos seus quase setenta anos oferecia-lhe, também para este pormenor, inspiração e significação muito distintas daquelas que Euclides da Cunha lhe quis impingir, associando à indisposição para o trabalho e à vagabundagem. Nada a estranhar: é muito comum aos setores sociais privilegiados atribuir à gente desfavorecida e empobrecida determinações deste tipo para explicar as carências de que esta é portadora, ontem e hoje....

Desterrados em sua própria terra: a famosa expressão que tomo emprestada de Sérgio Buarque de Holanda caracteriza aqui retirantes, pedintes, miseráveis de todos os tons. Antonio Maciel se via assim, mas o peregrinar lhe ampliava significações: poderá dizer que não fazia outra coisa senão apanhar pedras pelas estradas para edificar igrejas. Igrejas e cemitérios, e ainda açudes, construídos, reconstruídos, em significativa quantidade e qualidade: só como peregrino poderia dar-se conta de tantas demandas e carências, e pôr-se às obras, entre rezas e conselhos, junto com seu séquito. Herdou este saber do pai, dado a construções, e o materializou em edificações em várias paragens do sertão, algumas ainda hoje de pé.

Pedras para igrejas, de um lado; encontros com a gente mal-aventurada, de outro: com peregrinação assim balizada convicções se enraizaram, ideais ganharam forma, e ia adquirindo sentido toda ação do Conselheiro desde os 1870 até o fim de seus dias, que coincidem com a eliminação brutal da cidade que ele sonhou e tratou de efetivar em vista da "salvação dos homens", razão maior de toda sua obra, como consta da folha de rosto de um dos cadernos manuscritos que assinou. Uma cidade em que ele pôde ver concretizados, no cotidiano, valores e referências outros que aqueles que perfaziam seu entorno. No horizonte, o Belo Monte se lhe surgia não apenas como necessidade repentina ou brusca, mas também como empreendimento que culminaria toda uma trajetória e para o qual convergiriam tantos fatores, que comprometiam líder e séquito: cuidar das coisas da terra – alimentar os pobres, acolher os abandonados, refazer as ligações da gente sofrida com a terra sem a mediação cruel de barões e coronéis – como forma de preparar a bem-aventurança eterna tão ansiada. A salvação escatológica: desde quando o destino eterno, aquele definido no pós-morte, se tornou uma obsessão para Antonio Maciel? Há quem sugira que a gravidade da existência, com seus dilemas e enigmas, com seus segredos indevassáveis e mesmo inconfessáveis, lhe soou mais dramática ao se estampar o fracasso do relacionamento conjugal com Brasilina. Mas, diferentemente do que costumava ser o apelo comum católico, o de buscar "salvar a alma", a própria, no Antonio que viria a ser o Conselheiro a salvação começava a se lhe delinear como um bem que ele precisava tornar acessível ao maior número possível de pessoas. Os livros que lia, supostos guias para alcançá-la, mais pareciam obstaculizá-la. O mesmo parecia ele perceber nos sermões dos missionários, cheios de imagens horrendas, não só do inferno e seus demônios que aguardavam quem se desviasse dos preceitos de Deus ensinados pela Igreja, mas também do Deus implacável e cruel que pareceria, sádico, satisfazer-se em supliciar suas criaturas. Quando foi que Antonio se deu conta de que teria de afrontar os padres – distinguindo-os entre os verdadeiros e os falsos, em suas próprias palavras – para mostrar que as portas do céu podiam ser abertas e lá havia um Deus dedicado incessantemente a inventar modos de se fazer amado de seus filhos? Não seria obra de pouca monta: o que a atuação peregrina do Conselheiro ia instituindo, para culminar na confecção do arraial rebelde, era uma fissura não pequena no monopólio da salvação exercido pelos padres.

Este é um elemento que costuma passar despercebido: a trajetória – de Antonio a Conselheiro – é aquela de alguém que, pouco a pouco, vai estabelecendo cisões nas várias facetas da ordem estabelecida e fazendo vislumbrar opções para uma vida decente aqui e a continuação dela, bem-aventurada, no além. E num cenário em que o progresso do país era – e continua a ser, basta ter olhos para enxergar – pensado às custas do sofrimento da maioria de seu povo, vista como estorvo e entrave, soa instigante pensar a trajetória, desde seus primórdios no coração do sertão cearense, de alguém que, ao efetivar o Belo Monte, mostra outra perspectiva, a da inclusão desta gente abandonada pelo poder civil e religioso; de alguém que entende os mal-aventurados não como problema, mas como solução e inclusive razão de ser de uma cidade que tem os horizontes mais largos alcançando o céu. Alguém que se vai fazendo conselheiro pela feitura de uma palavra cada vez mais autorizada, porque sua, porque tecida da experiência cotidiana com a mal--aventurança e do convívio com os mal-aventurados; alguém de leituras (de livros e da vida, de si mesmo e do sertão do tamanho do mundo) e ações que só ao final, por conta de sua assombrosa monumentalidade, haveriam de chamar a atenção geral e despertar os temores dos poderosos de então, herdeiros dos de sempre, antepassados dos de agora. Quando foi, afinal, que o Antonio se deu conta de que os mandamentos da lei de Deus, uma regra que ele tratou de ensinar, levariam a que as divisões entre grandes e pequenos devessem ser tomadas como secundárias e a convivência entre os humanos deveria ocorrer de modo mais igualitário?

Como se vê, muito daquilo que se constatará na ação do Conselheiro no Belo Monte – a terceira e derradeira etapa de sua vida – ia sendo tecido nas fases anteriores, especialmente nestes quase vinte anos em que literalmente peregrinou pelos diversos sertões. Desde 1874, após um tempo em que seus rastros no interior do Ceará se perdem e ele reaparece em Pernambuco e no Sergipe, o perfil, a figura dele já estão completamente alterados, porque ele já se apresenta vestido com o manto que vestem os missionários, com os cabelos e a barba compridos, imitando a reprodução convencional de Jesus, e acompanhado por um grupo de pessoas.

Aí Antonio já é outro, o beato. Na tradição religiosa do Nordeste, trata-se de alguém que sabe puxar a reza, o terço, uma novena, uma ladainha, sabe conduzir um ofício; ou seja, o beato é aquele que reza e chama o povo para rezar. Ele reza e faz rezar as horas do dia, à semelhança dos monges e monjas; algumas das rezas vão pela noite adentro. Esses rituais, que ora aconteciam numa igreja, ora na rua ou em praças, acabavam por incomodar sonos e humores, o que gerou confusões aqui e ali; até porque a certa altura o beato começa a dirigir a palavra a sua gente na forma de prédicas ou exortações. Ia emergindo o Conselheiro, para irritação dos padres: os sermões de Antonio Maciel tinham maior acolhida, maior aceitação por parte das pessoas...

Começava então uma concorrência com os padres. Numa ocasião, em 1876, o já Conselheiro, cuja figura ia se agigantando, entra em choque com o Barão de Jeremoabo. Com isso os conflitos ganham mais intensidade e o Conselheiro acaba preso. A acusação, cheia de convicção e sem nenhuma prova: Antonio teria matado a própria mãe (que morrera quando ele ainda era criança, recordemos...). Foi levado preso a Salvador e de lá mandado para Fortaleza. Encontraria então o mar. Só na chegada à capital da província cearense é que se notou o equívoco cometido. Libertado, Antonio voltou para o sertão da Bahia, que passou a ser a região preferencial da sua atuação. Por conta de suas andanças, muitos agrupamentos de pessoas se iam formando e dando origem a vilas e cidades. Ganhava consistência crescente a atuação do Conselheiro pautada na coleta de pedras para edificações e no encontro, cada vez mais amplo, com a gente mal-aventurada que o chamava. Articulavam-se de maneira cada vez mais aguda o que alguns identificariam como "a dimensão vertical e a dimensão horizontal da espiritualidade" do líder: a devoção ao transcendente expressa junto ao radical compromisso com as pessoas mal-aventuradas.

E as tensões com os poderes constituídos só farão aumentar. Em 1882 o Arcebispo da Bahia solta uma carta, endereçada especificamente aos vigários, em que recomendava proibir que o Conselheiro dirigisse a palavra ao povo. Em vários recantos esta determinação não foi obedecida. E a oposição que, de outra parte, alguns padres passaram a fazer ao Conselheiro fez crescer ainda mais a sua fama. Em 1887, vendo o Arcebispo que seus esforços no sentido de calar o Conselheiro não tinham sido bem-sucedidos, tentou uma cartada ainda mais acintosa: escreve ao imperador D. Pedro II pedindo uma vaga no hospício do Rio de Janeiro para internar o Conselheiro.

Veja, queriam sequestrar o Conselheiro, e levá-lo para o Rio de Janeiro, para silenciá-lo e mantê-lo bem longe do sertão, isolá-lo da gente com a qual ele construía a sua história. A resposta vinda do Rio foi patética: "não há vaga no hospício". Com isso o Conselheiro permaneceu no sertão. E, para dar conta desta situação inusitada, Euclides saca uma das suas frases mais geniais e, ao mesmo tempo, revoltantes; ele vai qualificar o Conselheiro como "um grande homem pelo avesso", que acabou "indo para a história como poderia ter ido para o hospício". Como não havia vaga no hospício...

* * *

Então, em 1887 se tentou a internação do Conselheiro. No ano seguinte houve a abolição. Mais um ano e a mudança do regime, mas o Conselheiro se manteve fiel à monarquia o tempo todo, e desde sempre, em consonância com aquilo que se pregava como doutrina católica àquela época. De sorte que, nos primeiros anos após a proclamação da República, alguns padres descontentes com o cenário político chamavam o Conselheiro para pregar contra o novo regime. De um lado eles se resguardavam de se indispor com as autoridades. Por outro, a figura do Conselheiro antirrepublicano é alimentada pelos mesmos padres que logo haveriam de se voltar contra ele. Estas mudanças de posição de acordo com as circunstâncias e a conveniência eram algo de que o Conselheiro sempre se afastou; não à toa, ela falava de "falsos padres"...

E é justamente por essa faceta antirrepublicana que o Conselheiro ganhou ainda mais densidade e visibilidade, e acabou se mostrando uma figura destacada naqueles protestos contra os novos impostos dos quais já se tratou, e que conduziram ao embate de Masseté. Eis o momento da nova guinada, na medida em que Antonio Maciel concluía que não era mais possível a ele próprio e a seu séquito manterem a vida itinerante, a vida peregrina. E aí temos o estabelecimento em Canudos, logo convertido em Belo Monte...

É possível, e mesmo provável, que os eventos que culminaram na escaramuça de Masseté tenham sido interpretados pelo Conselheiro em chave escatológico-apocalíptica. Recorde o que foi dito a este respeito no capítulo anterior. O já citado José Aras menciona que logo após tal combate, quando o Conselheiro decidiu deslocar-se com sua gente para o norte e se fixar em Canudos – transformando-o em Belo Monte –, ao tomar o caminho, ele passou pela vila do Cumbe. Exigiu fazer uso da palavra na missa dominical, dirigindo ao povo reunido uma convocação categórica. Sempre segundo Aras, o Conselheiro estaria convencido, a essa altura, da chegada do Anticristo; a peleja de Masseté era ao mesmo tempo um sinal e uma prova. O juízo final estaria para chegar e tanto o rei D. Sebastião como depois o próprio Jesus logo chegariam: o primeiro para defender os fiéis; o segundo para separar o joio do trigo, os pecadores dos convertidos. A batalha final ocorreria no próprio Belo Monte, e os republicanos não escapariam da condenação.

Por mais crédito que mereçam os testemunhos de José Aras, este em particular levanta algumas questões: o Conselheiro já pensava no nome Belo Monte antes mesmo de chegar a Canudos? Por que ele se ocuparia em edificar e viabilizar uma cidade, se aquele local escolhido seria o palco de uma batalha? Por que conteúdos escatológico-apocalípticos assim não aparecem, nem de longe, nos textos que o Conselheiro deixou registrados por escrito?

Não posso aqui enfrentar estas questões nos detalhes; apenas sugiro uma pista de reflexão. A vida peregrina do Conselheiro, abruptamente interrompida pelo ataque de Masseté, as diversas agressões sofridas da parte de autoridades civis e eclesiásticas, a implantação da República e a escravidão generalizada que ela trazia a tiracolo – não nos esqueçamos das suas palavras no episódio da senhora na feira tentando vender uma esteira – tudo isso bem poderia tê-lo levado a interpretar aqueles momentos decisivos e ameaçadores em chave escatológico-apocalíptica: as investidas dos inimigos do líder sertanejo eram tão virulentas que prenunciariam o fim dos tempos; Belo Monte seria o momento e o espaço do combate final. Mas o panorama aparentemente logo mudou, a permanência no Belo Monte se mostrou viável e exigiu novas medidas e entendimentos: o que significaria viver naquele arraial, fazê-lo novo? Qual seria sua trajetória? As novas circunstâncias mostravam a viabilidade de um arraial que, inspirado pelos ideais cristãos de solidariedade, viesse a proporcionar à gente mal-aventurada que o seguia dias novos e esperançosos, em preparação para a tão desejada – e já comentada – salvação das almas.

E com isso temos o início da terceira, mais grandiosa e mais trágica etapa da vida do Conselheiro. Em termos de sentido e direção, não há ruptura com a fase anterior; o que definiu a mudança foram as circunstâncias da política e da conjuntura geral. A essa altura, estamos diante de um líder consumado, com múltiplas faces. Neste momento emergirão ainda mais as facetas do construtor, do organizador, do que pensa no conjunto, considerando as necessidades particulares dos diversos sujeitos e grupos que chegavam para viver no Belo Monte. Conselheiro é o orador que, ao ser solicitado, vai ensinar os mandamentos de Deus para o povo, usará a palavra como elemento fundamental para promover a coesão do grupo, amplificado a milhares de pessoas que bebem da sua sabedoria. Os testemunhos dos sobreviventes vão dizer que as palavras do Conselheiro soavam para o bem. Ele fiscalizava pessoalmente as obras de construção das igrejas e dos casebres, e supervisionava o encaminhamento dos víveres a quem deles necessitava.

E em meio a este sem-número de tarefas, o Conselheiro ainda era dado a escrever, até a mão ficar cansada, como vai dizer dele uma testemunha. Mas nem por isso ele parava: Leão de Natuba, uma espécie de secretário, pegava a pena e o Conselheiro passava então a ditar-lhe seus pensamentos. E esta última observação, já sublinhei antes, é fundamental para chamar a atenção para a originalidade daquilo que foi a mensagem do Conselheiro endereçada a sua gente, cujo conteúdo podemos imaginar pela leitura dos dois cadernos que ele deixou escritos.

Como já se disse, o Conselheiro desde muito cedo era ávido leitor das obras que lhe chegam às mãos. Nas minhas investigações pude encontrar duas delas. Uma delas, já bastante explorada, chegou a ser mencionada por Euclides. Trata-se do então conhecido *Missão abreviada*, uma espécie de guia da doutrina católica para líderes que quisessem fazer esse trabalho de propagação da mensagem religiosa. Foi um livro muito difundido no Nordeste, com muitas edições e dezenas de milhares de exemplares impressos, obra de um padre português, Manoel José Gonçalves Couto. Outro livro a cujo conteúdo o Conselheiro terá tido acesso só Deus sabe como, foi um autêntico *best-seller* do século XVIII. Muito provavelmente foi escrito no Brasil, mas publicado em Lisboa, porque aqui, nessa época, não havia imprensa. E recebeu cinco edições ainda naquele século, vindo depois a cair no *Index librorum prohibitorum*, que é a lista de livros cuja leitura era proibida pela Igreja e seus aliados políticos. Sua reedição foi então vetada. Trata-se do *Compêndio narrativo do peregrino da América*, de Nuno Marques Pereira, um ilustre desconhecido hoje, mas um campeão de vendas de livros no século XVIII. Fica no ar a pergunta intrigante sobre como o Conselheiro teria tido acesso a literatura um dia declarada suspeita, e cuja reprodução estava proibida já fazia um século...

Este livro, assim como o de Manoel Couto, tem várias das suas páginas retomadas pelo Conselheiro. Se fizermos um trabalho comparativo, colocando o texto do *Missão abreviada* e o *Compêndio narrativo do peregrino da América* ao lado dos cadernos escritos pelo Conselheiro, constataremos similaridades muito grandes, tais como as que se nota, por exemplo, no trabalho comparativo entre os três primeiros evangelhos que se encontram no Novo Testamento, aqueles segundo Mateus, Marcos e Lucas. Isto não significa dizer que entre estas obras houve trabalho de mera cópia. Ao que tudo indica, quem redigiu os textos mateano e lucano fez uso criativo do texto mais antigo, aquele que leva o nome de Marcos: seus prováveis autores o reescrevem, ampliam detalhes, suprimem, acrescentam outros, modificam expressões. Emergem enfim textos novos, ao final. O Conselheiro faz coisa semelhante com as produções às quais ele tinha acesso.

Leitores apressados da obra do Conselheiro entenderam que ele apenas reproduziu o que se dizia na época, o que os livros que ele conheceu apresentavam em termos de doutrina católica. Mas essa convicção não resiste a uma leitura cuidadosa e paciente dos textos. Nesta, a diferença, a novidade será encontrada em pequenos detalhes, que darão significados distintos a temas fundamentais. Não posso aqui senão dar algumas sugestões, que sirvam de caloroso convite à leitura dos manuscritos assinados por Antonio Vicente Mendes Maciel, enfim disponibilizados e acessíveis: os *Apontamentos dos preceitos da divina lei de nosso senhor Jesus Cristo para a salvação dos homens*, datados de 1895, e as *Tempestades que se levantam no coração de Maria por ocasião do mistério da anunciação*, de 1897. O primeiro deles é agora o primeiro volume de um *box* por mim organizado, intitulado *Antonio Conselheiro por ele mesmo*. O segundo deles foi transcrito por Ataliba Nogueira e consta de sua obra *António Conselheiro e Canudos: revisão histórica*, que teve algumas edições a partir de seu lançamento em 1974.

Aqui vou comentar apenas algo do contraste que se pode tecer entre os cadernos produzidos pelo Conselheiro e o livro *Missão abreviada*. Talvez a comparação mais imediata que se possa fazer parta da seguinte observação: ao se dirigir ao seu leitor, Manoel Couto o chama de "pecador", do começo ao fim. Isto por si só já define o tom do livro: é o tom daquele missionário, daquele pregador, daquele escritor que detalha as penas infernais na sua variedade e truculência, uma pena mais violenta que a outra, no que parece mais sadismo de Deus em relação a quem não obedece seus mandamentos, a quem vive de maneira desregrada. Repito: o vocativo com qual o autor do *Missão abreviada* se dirige ao seu leitor, a sua leitora, é "pecador". Pois procure isso nos textos do Conselheiro: simplesmente não vai encontrar. Em nenhum desses manuscritos, desses dois cadernos, você vai encontrar esse tom; pelo contrário, a perspectiva dominante é a da exortação. O que perpassa as páginas dos dois manuscritos é um princípio tocante, feito convocação: buscar as invenções que o amor de Deus tece para se fazer amado dos seres humanos. Esta formulação surpreendente o Conselheiro a deriva de comentário que faz a uma passagem bíblica, do livro de Isaías, capítulo 12. É preciso buscar essas invenções de Deus, identificá-las, já que são múltiplas, e sair proclamando-as em todos os cantos.

Outro acento importante advém de novo de uma passagem bíblica, agora de uma das cartas de Paulo, no Novo Testamento: "onde o pecado abundou, a graça superabundou". Pensando-se bem, isto é virar o *Missão abreviada* de pernas para o ar, na medida em que o acento está na gratuidade divina que deseja o bem da humanidade, agora e para sempre. O livro de Couto e pregações nele inspiradas como forma infalível de se fechar as portas do céu teve seus seguidores. O empenho do Conselheiro era oposto: era escancarar essas portas, mostrá-las abertas.

Reaparece o tema da salvação escatológica, de que já tratei anteriormente, em toda a sua densidade. Nos dois manuscritos este tema é abordado exaustivamente, por vários ângulos e caminhos. O Conselheiro chega a definir-se como alguém "que aspira ansiosamente" pela salvação de sua gente; trata-se de algo que lhe "fala mais alto" que qualquer outra coisa. É preciso paciência e disposição para frequentar esse tipo de texto, que à primeira vista pode parecer piegas, sem graça, de uma religiosidade ultrapassada mesmo para quem se define cristão católico.

Há que se mergulhar nesse texto com a devida contextualização. Recorde-se que frei João Evangelista diz no seu relatório que ele ameaçou ir-se embora do arraial e suspender as atividades da missão, e acrescentou as penas infernais como consequência da desobediência da gente do Belo Monte aos poderes constituídos. E qual foi a resposta do povo? Ele mesmo a registra: "nós não precisamos de padres para a salvação, temos o Conselheiro". Repare que a igreja católica tradicionalmente ensina que há dois sacramentos indispensáveis para a salvação: o batismo e a confissão. Ambos são ministrados pelos padres. Ou seja, o padre detém o monopólio da salvação: "fora da Igreja não há salvação", não é este o ditado? O Conselheiro no fim das contas quebra esse monopólio, esta é a consciência religiosa da gente que o segue! Nesta ruptura está o mais profundo do conflito pelo qual a hierarquia católica, salvo algumas exceções, se pôs em bloco contra o Conselheiro e o Belo Monte, como já foi apontado.

"A política do Conselheiro é diferente", diziam seus inimigos, e para difamá-lo acrescentavam: "deixou de cuidar das coisas do céu para ocupar-se com as da terra"; daí à acusação de ele ser comunista foi um passo. Como se vê, as coisas são bem mais complicadas e empolgantes. É que a determinação do Conselheiro era proporcionar caminho aberto à salvação. No entanto, uma salvação que não tem como acontecer sem que se desenvolva o caminho aqui e agora, no desafio de fazer daquela comunidade de gente até então desventurada um recanto decente e cheio de possibilidades, que haveriam de se prolongar pela eternidade. Esta era a esperança que o Conselheiro tratava de incutir em sua gente.

Fundamental é entender que este caminho da salvação é diferente do caminho estabelecido pela religião oficial, afeito aos interesses das elites dominantes. O Conselheiro foi uma figura ímpar que tinha a companhia ilustre de um Thomas Morus ou Tomaso Campanella, autores das obras *Utopia* e *A cidade do sol*, respectivamente, que conceberam cidades em que a convivência humana desse conta de enfrentar com dignidade as agruras típicas do cotidiano e os mal-estares próprios à convivência entre os humanos. Mas na verdade o Conselheiro, mais que o inglês e o italiano, foi além de sonhar uma cidade; ele a fez acontecer junto com sua gente. Isso é de uma engenhosidade preciosíssima. É lastimável que Euclides, baseado em Nina Rodrigues e alguns outros, tenha tratado de o degradar e desqualificar, apresentando-o como um monstro, um bronco, dotado de um "misticismo feroz e extravagante". A obra do Conselheiro é absolutamente complexa e a sua atividade é multifacetada. Sua palavra escrita, que podemos acessar pela leitura dos manuscritos é, de alguma maneira, a extensão da palavra que ele pronuncia, que ele verbaliza nas suas pregações, tratando de imprimir na gente que o segue e nele confia os sentidos que vislumbrava para sua obra maior. Ela congregou as pessoas e as animou a levar adiante os dias, os trabalhos, as atividades, as rezas e fazer acontecer no cotidiano os sonhos que a todos inspiravam. No meio da construção dos casebres, das igrejas, na orientação de onde as pessoas vão se estabelecer para ali morarem, como vão trabalhar; enfim, no meio desse conjunto de atividades o Conselheiro encontra tempo para ler, escrever, e falar. E, quando as mãos ficavam cansadas, ditar. Não é possível conter o espanto e admiração, quando se está diante de uma figura desse quilate. Mas era demais para aqueles segmentos que de alguma forma se expressaram a seu respeito na obra maior de Euclides da Cunha...

Igreja do Bom Jesus praticamente destruída. Madeiras para sua construção foram compradas e não entregues, episódio que serviu de estopim para o início da guerra.

V

A INVIABILIZAÇÃO DO BELO MONTE: O LUGAR DA HIERARQUIA CATÓLICA

O assunto deste capítulo é a condenação arbitrária do arraial conselheirista, produzida por um relatório que teve muito de artificial, calcado num prejulgamento que sustentava interesses claramente definidos. Sua confecção e divulgação acabou por tornar Belo Monte um assunto discutido em toda parte do país, contribuindo de maneira decisiva para unificar a opinião pública, em âmbito nacional, contra o povoado. Trata-se do já tantas vezes citado relatório assinado por frei João Evangelista de Monte Marciano, capuchinho italiano chegado ao Brasil em meados dos anos 1870, já bastante experimentado nos caminhos do sertão por conta das dezenas de missões que havia pregado antes de se dirigir para lá, em maio de 1895.

João Evangelista foi enviado a mando do arcebispo da Bahia, em articulação com o governador do Estado, para tentar alcançar a dissolução da vila subversiva por meios brandos, pacíficos, se é que é possível falar assim. Não foi bem-sucedido no seu intento. Voltou então a Salvador depois de interromper a missão e então tratou de preparar o relatório, publicado no final de junho, pouco mais de um mês depois do malogro.

Depois desta publicação em Salvador, o material foi reproduzido em quantidade significativa, vindo a ser amplamente divulgado nos vários cantos do país. Frei João será tomado como uma referência, como um assessor para os assuntos da guerra quando do envio das expedições militares, a terceira e a quarta, para os ataques ao arraial. Ele foi consultado sobre o melhor modo de as tropas se desenvolverem, se movimentarem, chegarem, agirem, e tudo o mais.

Mas é bom considerar que desde o início efetivo da guerra, em 1896, os ânimos já estavam devidamente preparados pela imprensa contra o vilarejo conselheirista. É que, antes de Belo Monte ser dizimado pela brutalidade das armas, ele foi destruído pela força da palavra, do discurso. Um repertório que desde meados dos anos 1870 já se voltava contra o Conselheiro, como apontado anteriormente, e passa a ser mobilizado, a partir de 1893, contra o empreendimento que ele liderava. O escrito em questão deu a este repertório amplitude nacional.

Este documento, portanto, se mostra de primeiríssima importância por tratar de coisas muito pouco conhecidas e porque representa o único escrito produzido por alguém que não pertencia ao arraial e que o conheceu ainda na sua plena atividade, ou seja, quando o Belo Monte tratava de viabilizar-se com aquelas pessoas que chegavam especificamente para construí-lo junto com o Conselheiro. Quem assina o relatório, o missionário, muito provavelmente não foi quem o escreveu por inteiro. Isto não lhe tirou a condição de interlocutor privilegiado dos setores que se articularam em vistas ao arrasamento do Belo Monte.

Vou abordar o assunto basicamente em três tempos: a) a realização da missão; b) a redação e publicação do relatório; c) os impactos da missão e do relatório quanto aos desdobramentos que conduziriam à guerra. Exponho aqui de maneira sintética o que tive a oportunidade de trabalhar com mais amplitude em meu livro *Missão de guerra: capuchinhos no Belo Monte de Antonio Conselheiro*.

* * *

Recordemos. Em junho de 1893 houve o estabelecimento do Belo Monte, em outubro de 1897 se consumou a sua destruição. A missão de frei João Evangelista começou no dia 13 de maio de 1895. E foi interrompida por ele oito dias depois, num movimento que parece ter sido bem calculado. Curioso é notar que o Conselheiro colocará como data para o primeiro dos cadernos manuscritos que produziu o dia 24 de maio desse ano, três dias depois da missão ter sido assim encerrada. Não se trata de mera coincidência. Há um enigma neste caderno que só pode ser decifrado no cruzamento com o que havia acontecido no arraial no transcorrer da missão. Terei oportunidade de tratar disso mais à frente. Por enquanto basta notar que o empreendimento conduzido por frei João Evangelista aconteceu mais ou menos no meio da trajetória histórica do Belo Monte, e precisa ser entendido sob vários pontos de vista, considerando uma série de condicionantes importantes.

Primeiramente há de se observar a relação entre algumas figuras da hierarquia eclesiástica com Antonio Conselheiro, mesmo antes do início do empreendimento do Belo Monte, no seu tempo de peregrino, andando pelas estradas junto com sua gente. Se houve alguns padres que lhe eram simpáticos, é preciso reconhecer que a maioria deles, a começar daqueles da alta cúpula, não só lhe eram hostis, como tentaram por vários caminhos censurar sua palavra e impedir sua ação, como já foi visto.

Outro ponto a ser considerado é o fato de que as elites não sabiam como lidar com o problema do Belo Monte, naquele momento em que o regime republicano se havia instalado e estabelecido a separação entre Igreja e Estado. Anteriormente, nos tempos da Colônia e do Império, a Igreja Católica, por meios dos seus sacerdotes, das missões e de vários outros recursos, sempre atuou como braço estendido do Estado para o alcance de diversos propósitos, inclusive a pacificação de alguma região: havia uma aliança formal entre "fé e império", como se expressa Camões no início d'*Os lusíadas*. Com a nova situação delineada com a proclamação da República, a Igreja perde seu monopólio no campo religioso, de um lado, mas, de outro, o Estado fica sem seu aliado de longa data, e sozinho não dá conta de tantos problemas para os quais a aliança anterior se mostrava tão eficaz. Pois bem, a missão conduzida por frei João indica a retomada da velha aliança, já que se definirá por seu propósito claro de contribuir para o restabelecimento da "ordem" sócio-política na região em que o Belo Monte se situava. Tal retomada resultou de um acordo entre o arcebispo da Bahia e o governador do estado, a pedido deste último, mesmo que os tempos fossem outros, "republicanos"... Levar isto em conta explica muito por que a missão foi interrompida antes do que seria o previsto e por que foi produzido um relatório a seu respeito para ser publicado e amplamente divulgado, diferentemente do que ocorria no tocante a outras missões.

Quando iam para o interior e retornavam ao seu convento de origem todos os missionários tinham de prestar conta do que haviam feito e, para tanto, cada um deles tinha um caderno em que descrevia de maneira bem resumida o que tinha sido o seu trabalho durante aquele tempo. Frei João Evangelista, italiano de origem, a esta altura já tinha mais de vinte anos de Brasil. Vivia no convento da Piedade, no centro de Salvador, e foi escolhido a dedo pelo arcebispo da cidade por conta da fama que tinha de missionário aguerrido, rígido nas palavras e inflexível quando julgava necessário.

No caderno em que fazia seus registros, frei João se referiu a esta missão ao Belo Monte como "especial". Ele se fez acompanhar de um missionário mais novo, o frei Caetano de São Leo, bem como do vigário da paróquia a que Belo Monte pertencia, o padre Vicente Sabino dos Santos, que voltava lá depois de um certo tempo de ausência, por conta de uma desavença que o havia levado a se sentir desacatado em sua autoridade. No seu entendimento, ele havia desmascarado "o sempre fanático Antônio Conselheiro, que tanto mal tem feito à religião e ao Estado". E alude ao relatório, recomendando sua leitura para quem desejasse maiores detalhes.

Com efeito, em boa parte o escrito se apresenta organizado pelo relato dos eventos ocorridos nos diversos dias em que a missão aconteceu. É bem verdade que na descrição ele vai tratando de produzir em quem lê a sensação de que o Belo Monte é um lugar perigoso, e seus habitantes são gente rude, em que não se pode confiar. Mas vamos acompanhar o missionário nos dados mais relevantes do seu informe.

Ele principia por dizer que os missionários foram mal recebidos, por pessoas cujas expressões faciais indicavam intenções hostis. Assim que instalados, trataram de fazer o reconhecimento do campo e ir ao encontro de Antonio Conselheiro, que estava, não por acaso, coordenando e ajudando no trabalho da construção de uma igreja, ao que tudo indica a de santo Antonio.

Feitas as saudações de praxe, frei João vai direto ao ponto e reclama que foi mal recebido, que havia pessoas com armas e que sentiu muito medo. Apresenta-se como alguém dedicado à paz, que não entendia a razão daquelas intenções hostis, bem como das armas com que as pessoas o receberam. O Conselheiro responde justificando ter homens para fazerem sua defesa desde quando a política tentou matá-lo em Masseté, no embate que deixou mortos de um e de outro lado. E arremata: "No tempo da monarquia deixei-me prender, porque reconhecia o governo. Hoje não, porque não reconheço a república".

Então foi o momento de frei João reagir, apelando à adesão católica do Conselheiro: ele deveria saber que "a Igreja condena as revoltas" e aceita todas as formas de governo, porque "os poderes constituídos regem os povos em nome de Deus". Por conta disso ele se permitiu inclusive uma generalização, indevida porque falsa: "Nós mesmos aqui no Brasil, dos bispos até o ultimo católico, reconhecemos o governo atual". E finalmente: "É mau pensar este, é uma doutrina errada a vossa". Ao ouvirem estas palavras as pessoas que presenciavam a discussão começaram a protestar, e houve quem dissesse ali mesmo: "V. Revm. é que tem uma doutrina falsa, e não o nosso Conselheiro". O Conselheiro tratou então de apaziguar os ânimos: "eu não desarmo minha gente, mas também não estorvo a Santa Missão". Ou seja, ele deu a autorização para que a missão pudesse efetivamente estabelecer-se.

E foi também o momento em que Antonio Maciel e o padre Sabino "fizeram as pazes": apesar do desfecho que a missão haveria de ter, a partir dela o vigário retomará as visitas quinzenais ao Belo Monte, para as missas, confissões, batizados, casamentos. Esta situação é bastante ilustrativa dos riscos da generalização quanto ao envolvimento do clero contra o Belo Monte: as posições do vigário e do missionário em relação ao vilarejo conselheirista não convergem. E se se leva em conta que o próprio padre Cícero terá oferecido apoio ao Conselheiro depois que a guerra começou, a heterogeneidade no interior da igreja fica ainda mais evidente.

Passados três dias da missão, em que as coisas transcorreram em aparente normalidade, frei João decidiu ser mais incisivo, "mostrando as garras" e adotando uma atitude de progressivo enfrentamento. Dirigiu ao povo reunido uma exortação em que tratava do dever da obediência à autoridade; já que a República era a forma de governo constituída no Brasil, mesmo quem tivesse convicções contrárias deveria reconhecê-la e respeitá-la. E insistiu na posição que veio defender: "a Igreja Católica não é e nem será nunca solidária com instrumentos de paixões e interesses particulares ou perturbadores da ordem pública". Que ninguém queira retirar da religião – católica, claro – seu lugar de aliada privilegiada do Estado...

A reação das pessoas foi a de qualificar o padre como maçom, protestante e republicano. E algum outro avançou mais um pouco, dizendo entender que aquela missão não era outra coisa que a abertura de caminho para as tropas que viriam de surpresa prender o Conselheiro e exterminar todos eles. Note como os habitantes do arraial entenderam perfeitamente o propósito da missão... Nesse dia o clima, que já andava tenso, "esquentou" de vez: frei João não se deu por vencido e avançou no tema, alimentando ainda mais a raiva e a irritação da gente reunida.

O outro incidente registrado refere-se ao momento em que o frei viu defuntos sendo levados para serem sepultados. Foi o pretexto para, ao dirigir novamente a palavra à multidão, falar de homicídio, da irresponsabilidade deste crime. O que ele queria era insinuar que o Conselheiro, ao atrair tanta gente para o arraial, provocava sua morte, porque os recursos ali existentes não seriam suficientes para dar conta das demandas de todo aquele pessoal. Então ele atribuiu as mortes que viu ali como ação insana e irresponsável do Conselheiro. Curioso que esta preocupação não tenha ocorrido ao missionário em tantas e tantas situações de penúria e miséria que em suas andanças no sertão havia presenciado... Mas a reação não se fez esperar: "mas o Bom Jesus leva essas pessoas para o céu". Em outras palavras, o pessoal não aceita o desaforo, e ainda provoca num ponto sensível do que estava em jogo: o monopólio da salvação pretendido pelos padres.

A missão foi tensa do começo ao fim, como se vê, mas ainda estava por chegar o dia 20 de maio. Segundo frei João, por volta das 11 horas da manhã daquele dia "aconteceu um protesto geral estrepitoso" comandado por um dos líderes mais próximos do Conselheiro, chamado João Abade, por mais de três horas. Segundo o irritado missionário, eram homens armados, em companhia de mulheres e meninos queimando fogos e fazendo ruidosa algazarra, circulando pelas vielas até chegaram à casa em que os padres se encontravam hospedados. Eram vivas dirigidas ao Bom Jesus, ao Divino Espírito Santo e a Antonio Conselheiro, gritos de "fora os republicanos" e proclamações contundentes de que "não precisavam de padres para se salvar porque tinham o seu Conselheiro".

Esta última expressão já foi mencionada, por conta de sua contundência. Ela é o motivo do enfurecimento maior do missionário: onde já se viu tal atrevimento e arrogância? Os monopolizadores da salvação estavam sendo simplesmente dispensados... Aquilo tinha sido "um desacato sacrílego à religião e ao sagrado caráter sacerdotal"; portanto, só cabia suspender a "santa missão" e, recuperando um gesto atribuído aos apóstolos de Jesus, sacudir "ali mesmo o pó das sandálias", não sem ameaçar: "o peso esmagador da justiça divina" seria sentido inevitavelmente por quem não se abrisse à luz da verdade. Quem insulta "os enviados do Senhor" e despreza "os meios da salvação" não escapará da condenação.

É preciso entender que a guerra que virá a acontecer daí a um ano e meio já está sendo anunciada por antecipação como expressão deste "peso esmagador da justiça divina". Os termos não deixam margem a dúvidas: o combate contra o Belo Monte se situa, ao final, dentro de uma lógica segundo a qual o próprio agente divino se vê envolvido. A inviabilização do arraial há de ser alcançada a qualquer custo, sem qualquer ressalva, eis o que pensa este segmento da cúpula católica que fala através do relatório assinado por frei João. Sua destruição apenas antecipará as penas infernais que afligirão a gente rebelde do Conselheiro por toda a eternidade.

Segundo ele, sua decisão produziu "o efeito de um raio", deixando os presentes "atônitos e estupefatos". Algumas poucas pessoas, assustadas, teriam decidido sair do Belo Monte, impactadas pelas palavras de frei João. Houve também quem procurasse dissuadi-lo de encerrar a missão, mas ele se mostrou irredutível, não conseguindo conter a satisfação com o desfecho do ocorrido: "deixei que meu ato, mais feliz do que as minhas palavras, acabasse de operar a dispersão daquelas multidões". Obviamente o caminho adotado pela grande maioria das pessoas não foi este: o Belo Monte continuou a crescer depois de terminada a missão; tudo o que vem a seguir, até a guerra, só o confirma.

A essa altura não havia mais o que se fazer. E um último incidente só veio a confirmar a decisão pela ruptura. Ele ocorreu quando alguém procurou o frei para se confessar, já no dia 21, e alguns conselheiristas ficam nas imediações, montando guarda. Era então a vez de frei João sair pelas ruas protestando contra esta atitude, "afrontosa violação das leis da religião e da caridade". Com a convicção de que "a seita havia levado o maior golpe que eu poderia descarregar".

Era hora, portanto, de ir embora. Já no caminho, no alto de uma colina, disse ter olhado triste para aquela cidade, como o divino mestre chorando a destruição de Jerusalém. A referência é ao massacre da "cidade santa" perpetrada pelo imperialismo romano quarenta anos após a morte de Jesus, mas que ele teria antevisto, a se julgar pelos relatos evangélicos. Seja como for, as eventuais lágrimas de frei João são por uma destruição que ele já está ajudando a construir...

* * *

Foi com este desfecho da missão que frei João voltou para Salvador e tratou de providenciar a redação do relatório, seguro de ter feito o que lhe competia. É hora então de pensar a sua confecção, pois que aí não estão registrados apenas os eventos marcantes da missão. As palavras parecem cuidadosamente pensadas, para que o escrito alcance um fim específico. Inclusive há mais do que isso: é que pairam algumas dúvidas sobre o processo mesmo da elaboração e edição dele. Concentro minhas observações em torno de três temas.

Vamos ao primeiro, relativo à desqualificação do Belo Monte e de seu líder. É que, na medida em que vai relatando os incidentes transcorridos durante a missão, frei João vai também tecendo comentários sobre as pessoas, sobre situações que presencia, práticas que observa, notícias que lhe chegam ao conhecimento, obviamente sem deixar de carregar nas tintas. Observações sobre as práticas religiosas populares, e particularmente aquelas que o Conselheiro presidiria, são registradas de maneira severa, porque marcadas por "sinais de superstição e idolatria". Particularmente lhe chama a atenção uma, que ele denomina "beija das imagens": o curto parágrafo referente a ela já foi citado e não escapará à observação de Euclides da Cunha; disso tratarei mais à frente. Recorde também o tom alarmado que o missionário assume ao ficar sabendo de "aliciadores da seita" proclamando o Belo Monte como a "terra da promissão", com seu rio de leite e barrancos de cuscuz de milho, o lugar para onde quem deseja salvar-se deve rumar. Aliás, o horror do missionário ao ver desafiado o monopólio da salvação pretendido pelos padres se estampa em vários momentos do relatório.

Mas é a Antonio Conselheiro que ele reserva as farpas mais afiadas. Elas são basicamente de duas ordens: uma não é nova, outra surge agora que um novo regime de governo acabava de ser implantado no país.

O primeiro campo de ataque diz respeito à condição de leigo ocupada por Antonio Conselheiro que o deixaria inabilitado para liderar um grupo, no tocante a questões religiosas, à margem e muitas vezes à revelia do clero. Recorde aquele documento de 1882, em que o arcebispado da Bahia tenta cercear a ação e silenciar a palavra do Conselheiro. Frei João se expressa em perspectiva semelhante: denuncia o líder do Belo Monte como alguém que, mesmo parecendo zeloso e disciplinado nas coisas religiosas, bem como conhecedor da doutrina, "contesta o ensino, transgride as leis e desconhece as autoridades eclesiásticas, sempre que de algum modo lhe contrariam as ideias". Mais ainda: o Conselheiro se coloca, sempre de acordo com o texto do missionário, como objeto de culto e legitimador de "doutrinas subversivas da ordem, da moral e da fé".

Trocando em miúdos, frei João está alarmado com o lugar atribuído pela gente conselheirista a seu líder no tocante à perspectiva da salvação, como já se apontou. Veja: se de um lado o Conselheiro não assume nenhuma função própria dos padres, que é, basicamente, a administração de sacramentos (batismo, confissão, eucaristia, etc.), por outro lado, segundo o missionário, ele não dá o exemplo de os buscar, "fazendo crer com isto que não carece deles, nem do ministério dos padres". Não importa o quanto esta "denúncia" corresponda aos fatos – afinal de contas, esses também eram tempos de não poucas *Fake News*! –, mas o que ela carrega de força é capaz de escandalizar: como poderia o Conselheiro dispensar os caminhos cujo trilho é indispensável à salvação? Na lógica do missionário, está tudo explicado: é por isso que a gente conselheirista em certo momento da missão gritava não precisar dos padres, por poder contar com o seu Conselheiro...

Neste mesmo âmbito de questões convém destacar que o relatório assinado por frei João se insere em outra frente de combate que ocorria no interior do catolicismo daquele tempo: a desqualificação das práticas religiosas populares na medida em que elas aconteciam com razoável autonomia ou, como se dizia na época, "sem padre". Curiosamente o combate mais comum era justamente à devoção aos santos, tão marcante no catolicismo chegado ao Brasil com a colonização portuguesa até os nossos dias. A frei João nada mais importa que o restabelecimento da autoridade sacerdotal, em estreita aliança com os poderes constituídos.

Esse conflito entre a experiência religiosa popular e a religião institucionalizada é uma marca na história das religiões. O Belo Monte pode e deve ser entendido também sob essa ótica. A autenticidade da experiência religiosa muitas vezes não tem lugar dentro dos limites estreitos estabelecidos pela instituição, que frequentemente está mais preocupada com a sua própria manutenção e ampliação dos seus interesses imediatos. O relatório assinado por frei João é uma boa mostra disso.

Mas vamos prosseguir. O primeiro veio da argumentação do missionário vai no sentido de reforçar esse mal-estar entre o Conselheiro e as figuras da hierarquia eclesiástica; em outras palavras, frei João trata de acentuar esta indisposição, esta relação complicada que muitos padres estabeleceram com o Conselheiro. Mas se o texto se contentasse com este tipo de acusação, seu poder de fogo ficaria muito reduzido; afinal de contas, para o propósito da repressão, agora que o Estado brasileiro era republicano, portanto laico, separado da Igreja, que importância teria acusar o Conselheiro de ensinar doutrinas subversivas do ponto de vista religioso ou de promover o culto da sua própria personalidade? É aí que entra o segundo veio da argumentação do missionário. Veja mais uma vez que o que está em jogo não é a credibilidade do relato quanto aos eventos aludidos e às situações que comenta, mas a capacidade que ele precisa ter de servir de peça acusatória para alcançar o objetivo que nem precisava ser disfarçado: a dissolução completa da obra do Conselheiro. Imagine se no tempo de frei João houvesse *powerpoint*: ele não titubearia em assinar uma peça colocando no centro Antonio Conselheiro como chefe de uma organização criminosa...

Então vejamos como se desenvolve a segunda linha dos argumentos presentes no relatório que frei João assina. Recorde que ele afirma ter dito ao Conselheiro assim que o encontrou, no primeiro dia de sua chegada a Belo Monte, que a um católico não é permitido o envolvimento em revoltas ou coisas semelhantes, porque todos os poderes constituídos governam em nome de Deus. Frei João estava apelando aqui a um argumento tradicional, baseado em passagem bíblica, a carta de Paulo aos Romanos, que desde os séculos IV-V veio sendo articulado para estabelecer os direitos e deveres do príncipe cristão. Ou seja, trata-se de um argumento que veio sustentando as monarquias estabelecidas na Europa desde os inícios da Idade Média e permitiu à Igreja Católica colocar-se frontalmente contra as movimentações na direção da república que ocorreram desde a segunda metade do século XVIII. No Brasil não foi diferente: a oposição católica à república se apoiava na ideia de que o soberano não tinha de ser a expressão do compromisso com as demandas e aspirações populares, mas o representante das prerrogativas e direitos de Deus em meio ao povo.

O curioso é agora ver fundamentalmente o mesmo argumento sendo esgrimido por frei João, que neste momento pretende estar falando em nome da hierarquia católica toda, para embasar a aceitação do regime republicano! Mas tudo serve para sustentar uma condenação que se quer alcançar a qualquer custo: é preciso transformar o Conselheiro em um perigo do ponto de vista político. Frei João precisa argumentar que o Conselheiro é um subversivo da ordem constituída. Ele precisa fazer, portanto, todo um arrazoado de ordem política, o que vai ficando cada vez mais claro quanto mais se avança na leitura do relatório. Com isso negará tudo o que oficialmente a Igreja Católica sustentava até 1889: que o novo regime fosse contrário à religião de maneira absoluta. Sustentando-se num equilíbrio frágil entre a desconfiança frente a ele e a defesa da ordem social e política contra ameaças como as representadas por Belo Monte, o relatório assinado por frei João expressa uma tomada de posição que haverá de acelerar o destino trágico a ser dado a Antonio Conselheiro e sua gente: Igreja e Estado, formalmente separados, se dão as mãos porque necessitam um do outro. Ela vislumbra a possibilidade de recuperar, ao menos em parte, as benesses de que usufruía nos tempos do império e de se ver novamente privilegiada no trato com as instâncias governamentais; ele volta a se beneficiar do auxílio oferecido por uma instituição que tem agentes nas várias regiões do país. Aliás, o próprio feito da missão já era uma expressão dessa rearticulação entre os poderes político e religioso – contra as demandas populares.

Portanto, o Conselheiro não é só um problema para a Igreja Católica; na avaliação de frei João, ele é um problema também e principalmente para o Estado: a moeda da República não é aceita no Belo Monte, as leis da República não são aceitas ali, os impostos implementados pela República não são praticados ali. Ele é efetivamente subversivo e como tal precisa ser combatido e eliminado junto com sua gente devido ao risco que ele representaria para a ordem política estabelecida e a fim de restaurar a ordem que até então vigia naquela região.

Com isto passo ao segundo tema, que posso abordar mais rapidamente. Como se viu acima, frei João não se contentou em relatar os acontecimentos que protagonizou e presenciou durante os dias da missão; permitiu-se uma série de comentários que já iam induzindo a uma apreciação negativa a respeito do Conselheiro e de sua gente. Mas não é só. A última sessão do relatório é consagrada a uma espécie de recapitulação, que ele diz ter feito "longe dessa infeliz localidade [o Belo Monte]"; certamente ele já se encontrava de volta a Salvador, e se entendia em condições de "informar sem ressentimento e com toda a exatidão e justiça". Nesta avaliação geral e conclusiva o vilarejo conselheirista é classificado como uma "seita político-religiosa, estabelecida e *entrincheirada* nos Canudos" (note o termo que destaquei!). Mas o que vem a seguir é ainda mais esclarecedor; atenção aos detalhes: "não é só um foco de superstição e fanatismo e um pequeno cisma na igreja baiana; é, *principalmente*, um *núcleo*, na aparência desprezível, mas um tanto *perigoso* e funesto de *ousada resistência e hostilidade* ao governo constituído no país". A dissidência religiosa importa menos que a ameaça política. Se ainda pairava alguma dúvida, o que vem a seguir a resolve: "pode-se dizer que é aquilo um estado no Estado". E a missão que ele havia presidido alcançara seu escopo, visto que pôde "apreender e denunciar a impostura e perversidade da seita fanática no próprio centro de suas operações". As *Fake News* de 1897, referidas ao caráter monarquista do Belo Monte, a ser imposto a qualquer custo, seriam disparadas tendo por inspiração privilegiada estas palavras envenenadas do missionário.

Portanto, o que se há de fazer? Frei João não se nega a apontar: "o desagravo da religião, o bem social e a dignidade do poder civil pedem uma *providência* que restabeleça no povoado dos Canudos o prestígio da lei, as garantias do culto católico e os nossos foros de povo civilizado". Alguma dúvida quanto a que tipo de providência frei João reivindica? Ele arremata: "aquela situação deplorável de fanatismo e anarquia deve cessar para honra do povo brasileiro..."

Bem, com isto passo ao terceiro tema, referente à elaboração do relatório, enfim publicado um mês e pouco depois do término da missão. Sobre sua divulgação e impactos tratarei logo adiante. O que desejo comentar agora é que, ao que tudo indica, a redação do texto não foi do próprio frei João Evangelista. Quem informa a respeito é o já citado José Calasans, que registrou ter ouvido isto de um antigo frade que vivia no convento da Piedade, em Salvador, e havia sido companheiro do missionário que foi ao Belo Monte. Quem teria tomado a tarefa da escrita foi um outro prelado, muito conhecido à época, o mons. Basílio Pereira. A respeito deste informe intrigante cabem duas observações. A primeira diz respeito ao fato de que frei João justamente era conhecido por não ter uma linguagem clara e bem escrita como a que transparece no relatório; talvez por isso tenha ido solicitar auxílio a seu colega de sacerdócio. E agora vem a segunda observação: mons. Basílio era figura de destaque no clero baiano e dado às letras. Mas não só: era irmão de ninguém menos que Vitorino Pereira, vice-presidente da República! Sim, aquele mesmo que, no tempo do início da guerra, pretenderá conduzir as movimentações políticas em torno dela com o propósito de derrubar Prudente de Morais e assumir seu lugar como presidente! Estaria com isso o Belo Monte sendo lançado, já a esta altura, no jogo das disputas políticas que se travavam no âmbito da política nacional?

Seja como for, ao ser publicado, o relatório é mais do que um documento que registra uma entre tantas missões que o experimentado frade comandou; é principalmente a palavra oficial da arquidiocese a respeito do arraial conselheirista: ele não pode continuar a existir. Neste sentido, a formulação, as palavras, tudo terá sido cuidadosamente pensado. Embora se apresente como relatório, não foi concebido como tal; ele não registra um suposto esforço do missionário por descobrir e entender o que ocorria no Belo Monte; foi elaborado para confirmar aquilo que de pior se dizia a seu respeito nos círculos mais influentes da política e da "alta sociedade" baianas. Com isto a fama do Belo Monte começará a se espalhar no país. Ou melhor, o preconceito contra ele. O cruzamento entre as condenações, a religiosa e particularmente a política, resultou fatal.

* * *

É hora então de tratar das repercussões produzidas pela missão conduzida por frei João, mas principalmente aquelas derivadas da publicação e divulgação do relatório que se ocupa dela. Vamos passo a passo.

Lá no Belo Monte e nos arredores, o efeito da missão parece ter sido muito diferente daquele sugerido no relatório. Recorde que frei João diz que a suspensão abrupta de sua atividade como missionário fez com que muita gente deixasse o arraial. Não é o que se conclui das informações – poucas, é verdade – que nos chegaram por outros caminhos. Fala-se, isso sim, de gente que, diante da posição ameaçadora adotada pelo frei nos momentos finais de sua estada no arraial, reagiu na mesma altura, amaldiçoando-o da mesma forma como ele teria feito diante de algumas pessoas que pediam para que ele permanecesse com sua atividade. Já em Antonio Conselheiro o término da missão suscitou severa reflexão, sobre o sentido da vinda dos missionários e o modo como os trabalhos foram conduzidos: "tudo isto é para poder haver a guerra", teriam sido suas palavras, que Honório Vilanova diz ter ouvido. E pôs-se então a escrever, em meio a tantas outras atividades. Começa a confeccionar seus "apontamentos" passados apenas três dias da partida dos missionários... Terei de voltar a este momento preciso e delicado da trajetória do líder do povoado.

Por outro lado, não custa recordar um dado já apresentado: depois da missão o padre Sabino voltou a visitar regularmente o Belo Monte, celebrando as missas, ouvindo as confissões, batizando... Aliás, esta reaproximação deve ter sido significativa, a ponto de o padre vir a ser tomado como aliado do Conselheiro e preso quando do avanço das tropas da terceira expedição contra o Belo Monte, na passagem de fevereiro para marco de 1897. Libertado, o padre prenunciou um triste fim para o comandante Moreira César, que haveria de se concretizar poucos dias depois...

Mas, e os efeitos do relatório? Muito será discutido sobre seu caráter, se seria político ou religioso, como se estas duas dimensões fossem excludentes. Se, por um lado, é possível imaginar que o interesse imediato do missionário era a restauração da autoridade eclesiástica, o que neste caso exigiria a eliminação do Conselheiro e seu Belo Monte, por outro, o texto carrega mais na faceta política, pelas razões que já foram expostas; só o Estado pode efetivar a referida eliminação. Era preciso mover os brios dos políticos...

Seja como for, o relatório repercutiu em vários ambientes, de diversas regiões do país, convertendo o Belo Monte, como já se disse, em objeto temerário, e seu líder num fanático perigoso. Senão vejamos. A cúpula da hierarquia católica fez difundir o escrito por toda a circunscrição da arquidiocese, ou seja, o território inteiro do estado baiano, com expressa advertência sobre a importância da questão aí abordada, já que se tratava das "intenções perversas do famigerado Antonio Conselheiro", que deveria ser detido sem demora para que não prosseguisse "em sua rebeldia contra as leis do Estado e da Igreja". Foram centenas de exemplares distribuídos nesta verdadeira campanha contra o Belo Monte. Outras centenas foram enviadas especificamente para a região controlada politicamente pelo já citado Barão de Jeremoabo. Nos jornais as referências ao relatório são constantes. E as publicações católicas podem expressar a convicção de que a autoridade eclesiástica já fez o que lhe competia, cabendo agora ao governo civil cumprir o seu dever "fazendo desaparecer, por meios que lhe faculta a lei, este opróbrio social, verdadeira mancha negra no sol de nossa civilização". Diante da morosidade dos políticos, denunciada por vários sujeitos interessados no ataque ao Belo Monte, foi a hierarquia católica que manteve em cena o assunto. E as próprias altas autoridades vaticanas não deixaram de incentivar o arcebispo baiano a usar sua influência no caso em questão, para conseguir a "pacificação dos ânimos", comprometida pela ação de alguns "bandos de fanáticos rebeldes".

Saindo do campo da política eclesiástica para aquele dos deputados e governantes, verifica-se que a repercussão do relatório não foi menor. Foi ele objeto de discussões acaloradas, e a avaliação geral era a de que o tamanho do "problema" e do "perigo" representados por Antonio Conselheiro só ficou evidente com o escrito assinado por frei João. Insisto: o missionário seria figura destacada na preparação das tropas organizadas para o combate, oferecendo orientações e indicações aos comandantes militares, na condição de figura privilegiada, conhecedora da região e do arraial em particular.

Ou seja, com a ampla tomada de conhecimento dos conteúdos do relatório, discutidos fartamente no parlamento baiano e mais tarde no parlamento nacional, reproduzidos nos jornais e feitos assunto de tantas rodas de conversa, passa a ser uma questão de tempo para que a intervenção do Estado venha a acontecer. A questão não era *se* ela haveria de ocorrer, e sim *quando* seria o momento de efetivá-la, a partir de qual pretexto. Haveria de sê-lo o episódio das madeiras para a igreja do bom Jesus, pagas e não entregues...

Para terminar este capítulo, quero trazer à reflexão alguns elementos que mostram a repercussão do relatório assinado por frei João junto à obra que deu ao Belo Monte de Antonio Conselheiro um lugar na história brasileira, mesmo que por caminhos bem tortuosos: *Os sertões*, de Euclides da Cunha. O escritor, que se tornaria famoso exatamente por esta obra, conheceu o referido relatório e o leu, embora não se saiba em que momento o contato com ele se estabeleceu. De toda forma, desde o início de seu envolvimento com o tema, algumas das linhas gerais do documento transparecem no que ele vai escrevendo: o Belo Monte como arraial, como reduto monarquista, foco de práticas supersticiosas, etc. Mas é bom notar que com o passar do tempo, depois que acontece a guerra, da qual presenciou alguns de seus últimos lances, Euclides vai passando a adotar uma atitude de maior distanciamento e crítica em relação à repressão praticada contra o vilarejo, e também de alguma simpatia por aquela gente forte e disposta a morrer por seus ideais, que ele considera toscos e ultrapassados, para dizer o mínimo. Vou tratar desta problemática no próximo capítulo. Aqui desejo apenas mostrar como esta ambiguidade euclidiana se manifesta na abordagem que ele faz da missão de frei João e no modo como ele se utiliza do relatório na confecção de ao menos uma passagem importante de sua obra principal. São, portanto, dois os pontos que desejo salientar.

No último capítulo da parte II d'*Os sertões*, o de n.5, depois de uma apresentação da vila de Canudos destinada a apavorar quem quer que a leia, Euclides trata de "uma missão abortada", justamente a liderada por frei João, que se imaginaria como o bíblico Daniel ingressando "na furna dos leões..." No entendimento do autor, seria uma iniciativa "nobre", a de mandar, antes da bala e do canhão, o missionário. Mas ao final, ainda nas suas palavras, o resultado foi contraproducente por conta do desajeitamento e a intransigência com que o frei conduziu as coisas, e o insucesso foi inevitável. O desastre foi produzido pelo frei com sua disposição para acirrar os ânimos já abalados. Seu último gesto, diz Euclides, não podia ser mais claro quanto às suas efetivas intenções: pronunciou uma "maldição sobre a Jerusalém de taipa". Esta alusão à cidade santa bíblica é, obviamente um modo irônico de Euclides se referir ao Belo Monte na significação que sua gente atribuía a ela. Mas o importante aqui é notar como o escritor se mostra fulminante, na medida em que ele encerra a segunda parte d'*Os sertões* com esta frase, curta e cortante: "Mas amaldiçoou..." Quem amaldiçoou? O frei. Amaldiçoou o quê? O arraial. A frase é apenas esta: "Mas amaldiçoou..." Você vira a página do livro e vê escrito: "A luta". Começará a terceira parte da obra. Euclides estabelece, poderosamente, um vínculo imediato entre a ação desastrosa do frei e a guerra que veio um ano e meio depois, e que levou o Belo Monte à destruição.

Passo ao ponto seguinte. No mesmo capítulo 5 Euclides apresenta uma descrição poderosa do que seria uma cerimônia religiosa praticada no Belo Monte, o já mencionado "beija das imagens", citado por frei João como expressão de "superstição e idolatria". Pois bem, Euclides transforma o curto parágrafo que leu no relatório em uma das páginas mais impactantes de toda a sua obra, em que ele provoca os sentidos de quem a lê: a gente quase consegue ver a cena narrada, cheia de imagens de santos que passam por centenas de mãos, rostos e peitos. Quase se consegue ouvir os sons dos choros e soluços, dos lamentos e súplicas à meia--boca, junto com os ruídos de tantas armas que se entrebatiam no contato de umas com outras, na medida em que seus portadores se moviam no templo em que a cerimônia ocorria. Era esta a cena que condensava a loucura que, segundo o autor, marcava o arraial e sua gente: ali se manifestava claramente uma "neurose coletiva", alimentada pelo "misticismo de cada um".

Temos, portanto, uma releitura do rito do "beija das imagens" que Euclides faz tendo como base o relatório de frei João. Mas é importante notar, de um lado, que os propósitos das descrições são distintos; o missionário pretende salientar o caráter dissidente e censurável de uma manifestação religiosa que acontece à revelia da autoridade clerical, fora do controle exercido pelos padres. Já Euclides busca destacar o caráter patológico daquele rito, que ilustra tanto a insanidade do líder Conselheiro quanto o desvario daquela gente que o seguia. Por outro lado, não é difícil ver como os objetivos das duas narrativas acabam por convergir na avaliação desabonadora do que em Belo Monte se realizava e do sentido que viver ali tinha para quem o tecia no cotidiano. Voltarei ainda uma vez à consideração desta página decisiva d'*Os sertões*.

Ao final se verifica, pelo diagnóstico do frei um ano e meio antes da guerra, e pelo de Euclides cinco anos após o seu término, que o Belo Monte pagou o preço de ter ensaiado e viabilizado uma experiência que não coube dentro dos estreitos limites da institucionalidade religiosa católica. Neste contexto específico, ela tratou de estreitá-los ainda mais para deixar claro que Belo Monte era inviável. Isto é o que se deduz da leitura do relatório assinado por frei João Evangelista de Monte Marciano. Euclides da Cunha se encarregará de afirmar a inviabilidade do Belo Monte – não necessariamente de quem nele vivia – no projeto de Brasil que ele ajudava a desenhar nos primeiros anos da república. Disso pretendo tratar no capítulo seguinte.

Já foi dito aqui que Belo Monte não era inviável; ele foi feito inviável, e o relatório assinado por frei João é a peça literária que difunde esta inviabilidade, esta inviabilização imposta por parte da alta cúpula da Igreja Católica em associação com os poderes do Estado e os setores privilegiados e dominantes da sociedade. Não importa o preço: para que os interesses desta gente se mantenham protegidos, não se teme atropelar aspirações e sonhos, desejos e expectativas, construções e alternativas tão generosas, como a representada pelo Belo Monte de Antonio Conselheiro e sua gente. Tem sido assim na história do Brasil há pouco mais de quinhentos anos, recorrentemente. E a cumplicidade dos setores o mais das vezes hegemônicos nas instituições religiosas aqui chegadas pelas caravelas e pelas embarcações que as sucederam, basicamente da mesma proveniência cultural e geográfica, vem sendo reinventada, até hoje.

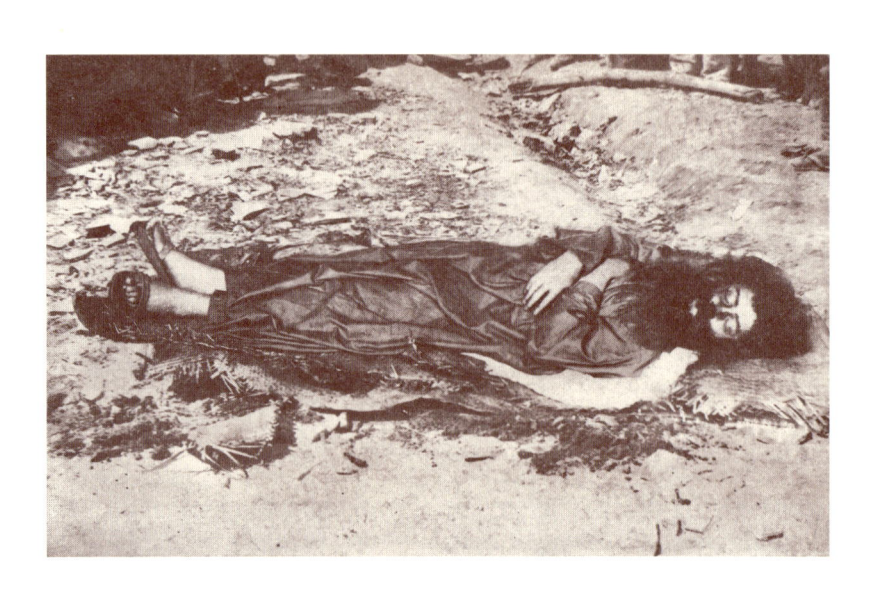

Foto de um cadáver apresentado como o do Conselheiro, o que é improvável. A cabeça dele seria, depois de cortada, levada a Salvador para o médico Nina Rodrigues emitir o laudo comprobatório da insanidade mental do líder do Belo Monte.

VI

Tessitura e contorções de uma escultura literária

É a hora e a vez de Euclides da Cunha. Situar o núcleo potencial da propagação do enredo de Canudos é fundamental para entender a operação da metamorfose kafkiana que a imagem do Conselheiro sofre sob sua influência no imaginário nacional. A letra do célebre escritor brasileiro instantaneamente promovido à cadeira dos imortais com sua obra-prima *Os sertões* ganhou com esse recurso quase que irrestrita credibilidade. Considerando que o autor se inscreve no amplo campo das letras como representante de um consórcio de ciência e arte, paradigmas incontestes, suas palavras efetivamente cunham a fantasia degradante sobre o Peregrino.

A proporção desse fenômeno sugestivo pode ser facilmente conferida. No final do século passado foi feita uma pesquisa junto a quinze intelectuais de destaque, e a pergunta dirigida a cada um deles foi sobre o livro e o autor da literatura brasileira que deveriam ser considerados fundamentais. Cada um dos entrevistados podia indicar dois ou três como indispensáveis. Apenas dois autores foram citados pelos quinze: Euclides da Cunha e Machado de Assis. Com um detalhe importante: no caso de Machado, os entrevistados indicaram como sua obra maior um ou outro trabalho seu, mas no caso de Euclides a unanimidade foi absoluta, *Os sertões: campanha de Canudos*. Devemos lembrar que Euclides é autor de uma única grande obra.

Importa menos a apreciação que possa ter desta obra impressionante quem tiver assumido o desafio de ler aquelas centenas de páginas a um só tempo brilhantes e áridas. Isso porque seu autor era entusiasta adepto de uma concepção estética muito em voga em seu tempo: a de que uma obra de arte, particularmente a literária, seria tanto mais grandiosa quanto mais dificuldades erguesse à compreensão de quem dela se aproximasse. Um critério de caráter elitista e excludente, convenhamos... O importante é que a referida pesquisa testemunha algo de fundamental: *Os sertões* marcou poderosamente a literatura e a cultura brasileiras ao longo do século XX. E neste sentido nada se alterou nas duas décadas iniciais do nosso século. Ainda mais: a influência da obra euclidiana ultrapassou o circuito daquelas pessoas que se deram ao trabalho de a ler e estudar, tendo alcançado amplos setores da população que provavelmente nunca chegaram a folhear suas páginas. Portanto, é preciso fazer inicialmente o reconhecimento da pujança da obra que Euclides produziu a partir desse tema que o impactou tão profundamente. Esse reconhecimento é indispensável como ponto de partida, inclusive para que as reflexões críticas a respeito da obra adquiram a justa consistência.

Os sertões é a obra que introduziu, que inscreveu de maneira indelével o tema do Belo Monte na consciência brasileira. Fora dos espaços em que o cinismo e o deboche dominam – e eles não são poucos, estamos vendo! – não se pode falar do Brasil como um país de gente cordial, sem guerras, feito de congraçamentos étnicos e culturais. Desde *Os sertões*, pelo menos, as discussões sobre tal temática se impõem. Houve massacres do Brasil real perpetrados pelo Brasil oficial muito maiores do que o ocorrido no Belo Monte. Na repressão ao chamado "movimento do Contestado" (entre 1912 e 16, em regiões disputadas então pelos estados do Paraná e de Santa Catarina) a proporção da brutalidade foi muito mais extensa, assim como a área abrangida pelas contendas. A complexidade da organização cabocla talvez tenha sido maior: por exemplo, eram várias as lideranças que se articulavam ao mesmo tempo ou se sucediam umas às outras durante o tempo em que existiram as "vilas santas", numa região de mais de vinte mil quilômetros quadrados. Não foi esse o caso de Belo Monte: o Conselheiro morreu, o Belo Monte ruiu.

Não se trata aqui de avançar na comparação, embora ela contribua para o estudo e o entendimento. Até porque se sabemos alguma coisa do Belo Monte, em contrapartida, conhecemos muito pouco do mundo do Contestado. Exatamente aí se encontra o mérito da obra de Euclides: ela impôs o Belo Monte ao país. Quem estuda o Contestado reconhece: a gente cabocla rebelada do Sul não teve seu Euclides...

Mas se este é um lado da moeda, o outro se revela radicalmente problemático: o descaso para com muitos fatos e para com a autenticidade mais profunda dos empreendimentos e da cultura populares, e a caracterização do personagem principal desse momento tão agudo de nossa ainda curta história, Antonio Conselheiro, na forma de caricatura grotesca. Foi este lado da obra que lhe rendeu acolhimento geral, porque a tornou adequada àquilo que se podia e queria crer nos ambientes pretensamente "cultos" do país.

* * *

Isto posto, vamos ao tema. No início, Euclides está muito longe da cena Belo Monte. Ele só se envolverá com o tema depois de já deflagrada a guerra, quando as duas primeiras expedições policiais já tinham sido derrotadas pela gente conselheirista. Os ânimos estão inflamados. Sua contribuição se dará inicialmente na forma de dois artigos, nos quais ele alude, já no título, à Vendeia, uma região da França em que se abrigaram os contingentes que haviam reagido de maneira muito contundente aos rumos tomados pelo movimento revolucionário francês, no final do século XVIII. Eles, os habitantes da Vendeia e outros tantos que aí se refugiaram, demandavam a restauração do antigo regime e foram reprimidos por conta disso. Vendeia foi assim estigmatizada como um centro monarquista que buscava trazer de volta aquilo que havia caído pela ação dos revolucionários franceses. Victor Hugo, grande romancista francês, escreveu um romance chamado *Noventa e três*, que trata desta que ficou conhecida como "guerra da Vendeia". O título se refere ao ano de 1793, em que os combates desta guerra começaram, estendendo-se até 1796.

Pois bem, este número "93" acabou servindo a Euclides, pois o Belo Monte se estabeleceu em 1893, ou seja, exatamente cem anos após, do mesmo modo que a república brasileira (proclamada em 1889) era associada à Revolução Francesa (começada em 1789). Por estas convergências ele rotulou o Belo Monte de Antonio Conselheiro como "a nossa Vendeia", título de um e depois de outro artigo, ambos publicados no jornal *O Estado de São Paulo*.

Então vejamos. Era o início do mês de março de 1897, nos dias em torno do Carnaval. Eis que um espanto tomou conta da opinião pública, seja da capital Rio de Janeiro, seja de um centro cada vez mais destacado como São Paulo, com a notícia de que os militares do exército nacional, comandados pelo afamado coronel Moreira César, estavam derrotadas por um grupo de sertanejos perdido em meio às caatingas: "Como assim? O que aconteceu? Que sertões são estes, vastamente desconhecidos, capazes de repelir tropas supostamente tão articuladas e preparadas? Neste cenário de inquietação crescente, de uma série de perguntas sem respostas que vinha de vários setores urbanizados, Euclides publica seu primeiro artigo sobre "nossa Vendeia" sertaneja. Nele sua reflexão indagava exatamente sobre os motivos que levaram Moreira César a ter sido desbaratado com sua tropa, motivos estes que ele só pode conjecturar, distanciado que está por milhares de quilômetros dos eventos que estão transcorrendo, sem jamais ter posto os pés lá até então. Seja como for, conjectura uma atribuição às condições climáticas: teriam sido as exigências encontradas no sertão seco e hostil o grande inimigo que as tropas tiveram que enfrentar; elas inclusive explicariam a "inconstância e toda a rudeza", ambas meras inferências, da gente que lá vive. Mas não lhe paira qualquer dúvida: "a República sairá triunfante desta última prova".

Recorde que a primeira década da implantação do novo regime foi um tempo de intensas disputas pelo formato que ele deveria assumir, quais forças haveriam de comandá-lo, e havia quem sonhasse com a volta da monarquia. Fez parte da leva de *Fake News* da época inserir o Belo Monte no meio deste autêntico campo minado das disputas políticas em âmbito nacional como um reduto formado para o restabelecimento do trono imperial. Euclides atua neste ambiente em que a certeza do monarquismo do Belo Monte era praticamente um dogma, indiscutível, não importando se ele existisse ou não. Recorde o jornal que em suas páginas praticamente impunha este traço ao vilarejo conselheirista: "nós lhe demos este caráter". Pois bem, é para este mesmo jornal, *O Estado de São Paulo*, que Euclides escreve, e seu artigo sai na mesma época em que esta imagem monarquista do arraial está sendo imposta. Assim, Euclides reforçou o entendimento generalizado de que nos sertões longínquos da Bahia o que se desenrolava era uma trama em prol da restauração da monarquia.

O fato de Moreira César ter fracassado reforçou na opinião pública a sensação de que o Belo Monte era um perigo para a nação e que, portanto, precisava sofrer uma intervenção muito mais enérgica e categórica. Como dirá Prudente de Morais no envio de reforços que atuariam nos combates finais, "não reste pedra sobre pedra". Qualquer semelhança com a palavra de Jesus sobre Jerusalém, atribuída a ele nos evangelhos, não é mera coincidência, neste contexto em que são inúmeras as referências a temas, personagens, imagens e frases encontrados no texto sagrado judeu-cristão. O segundo artigo de Euclides será escrito e publicado quatro meses depois do primeiro. Os ventos e humores são outros: já estão sendo travados os combates da quarta expedição militar. O mês de julho está em curso, e emergem novas questões. Os soldados já estavam lá há quase um mês e as notícias não eram boas. Uma parte da tropa quase tinha sido derrotada em batalha no fim do mês anterior, e nada anunciava uma mudança de perspectiva. Por que a vitória tarda tanto? Por que o exército brasileiro encontrava tanta dificuldade em dar conta daquele bando de ignorantes, jagunços, gente atrasada, daquela multidão fanática que não tem, minimamente, condições de enfrentar tropas tão bem organizadas, tão bem armadas? É claro que a essa altura as *Fake News* só faziam crescer: se até o conde d'Eu, marido da princesa Isabel, ambos exilados na França, fazia anos, tinha sido arrastado para a confusão, sendo acusado – sem nenhuma prova e com toda a convicção, certamente – de financiar o Belo Monte com armas e munição, o que mais não poderia ser inventado?

É neste contexto que Euclides agora escreve, argumentando que o gigante que se está tratando de destruir é muito grande e poderoso, maior do que a imaginação mais fértil possa conceber. Nem de longe o problema poderia ser a incompetência e despreparo das forças oficiais: um jornalista que cobria a guerra e se atreveu a assim se expressar, Manoel Benício, foi ameaçado de morte e obrigado a deixar a região. Para Euclides a tarefa republicana não era meramente destruir aquele "arraial sinistro", pois ele é apenas sintoma de um mal maior, a começar de seu líder, "espécie bizarra de grande homem pelo avesso", cujo mérito maior é o de sintetizar "todos os elementos negativos, todos os agentes de redução do nosso povo". A luta contra o Belo Monte é superior, pois se trata de destruir "a nossa apatia enervante, a nossa indiferença mórbida pelo futuro, a nossa religiosidade indefinível difundida em superstições estranhas, a nossa compreensão estreita da pátria". O que se está destruindo "são os restos de uma sociedade velha de retardatários tendo como capital a cidade de taipa dos jagunços..."

Este parágrafo é brilhante, expressa os contornos do inimigo a ser vencido: o povo simples do Brasil real, diriam Machado e Ariano Suassuna, com suas tradições e práticas religiosas! Destrói-se o Brasil tido por atrasado, retrógrado e ignorante destruindo-se brasileiros e brasileiras, a ferro e bala! É preciso criar essas ruínas para que seja elevado aí um novo Brasil. O argumento pode parecer estranho, mas é de uma atualidade espantosa. Essa visão de que no fim das contas o povo é o obstáculo para que o Brasil vá adiante acaba por mirar sua parcela mais pobre e marginalizada. Afinal de contas, para ficar num exemplo: qual é a base de uma "reforma da previdência" que praticamente inviabiliza a concessão de benefícios à gente que deles mais necessita senão a suposição de que o povo não cabe no orçamento, é um peso para o país? Nesta toada outras posturas políticas deste momento fazem todo sentido: por que ocupar-se com as populações indígenas e quilombolas, ou com as massas das periferias dos grandes centros urbanos? Elas custam, são estorvo, obstáculo para o crescimento do país...

Não é assim que pensam nossas elites, ontem e hoje? Para elas "tem que matar", "nem um centímetro a mais de território para quilombolas", "nada de novas demarcações de terras indígenas", "bolsa-família é desperdício", e assim por diante. Com cada vez mais desfaçatez, as elites e os políticos que as representam têm dito que precisamos de outro povo, que este aí não cabe no orçamento: não foi o que se ouviu um dia desses, da boca de um "iluminado" jornalista, com direito a reprodução por parte do próprio mandatário atual do país, de que, se possível fora, caberia ao Brasil trocar de povo?

Convenhamos, tem sido assim! Segundo essa visão tacanha o povo indígena, quilombola, ou sem-terra e sem-teto, é formado por vagabundos, que exploram os coitados dos empresários, que tanto sofrem para tocar suas atividades e engrandecer o país... Sem contar o preconceito recorrente em relação às expressões da cultura popular, das religiosidades do povo: a estrutura é a mesma, embora os tempos tenham mudado. Conhecer a história do Belo Monte é indispensável para articular esse elemento de longa duração que estrutura a relação do Brasil das elites com o Brasil de sua gente. Euclides neste seu artigo se mostra completamente engajado com este entendimento de Brasil: o grande problema do país é sua gente. Em *Os sertões* ele vai afastar-se desta perspectiva, mas de maneira tímida, parcial e insuficiente: dos preconceitos quanto à formação social e cultural do povo ele não alcança livrar-se.

* * *

Depois da publicação desse segundo artigo – com esse teor – o jornal para o qual ele trabalha o envia como repórter, na comitiva do ministro da Guerra, para cobrir aqueles que deveriam ser os últimos combates contra o Belo Monte. Em agosto ele ruma para o sertão, mas só chega ao campo dos combates em meados do mês seguinte. Até então ele vai abastecendo o jornal com reportagens que principalmente são reflexões sobre o sentido da guerra, embora não deixem de registrar aqui e ali chegadas de prisioneiros e cadáveres, notas a respeito de detalhes dos quais fica informado. Mas nestas reportagens ele *não* registra o conteúdo de um telegrama, que ele enviou à redação do jornal, em que reconhecia não existirem "intuitos monarquistas" no Belo Monte...

Finalmente Euclides chega ao Belo Monte, em meados de setembro, e pode então enviar reportagens *in loco*, como testemunha ocular (na verdade ele já havia começado a mandar reportagens como se lá estivesse, antes mesmo de ter chegado...). E logo "de cara" ele fala de uma aldeia já semidestruída depois de tantos ataques, que mais lembra uma "cidade bíblica fulminada pela maldição tremenda dos profetas". Recorde a maldição sobre Jerusalém à qual o missionário João Evangelista aludiu ao deixar o Belo Monte...

Seja como for, Euclides não deixa de se admirar com o fato de que, apesar de intensamente bombardeado, o vilarejo permaneça quase intacto. Mas se sua imaginação é ativada, em meio a tiroteios e balas que zunem para todos os lados, vindos daquela "aldeia sinistra", ele reconhece: não consegue pensar senão em uma "legião invisível e intangível de demônios..."

Sim, conselheiristas são demônios! Esta expressão não é fortuita nem inédita: demonizar o inimigo. É comum na história brasileira que indígenas sejam demonizados, que a gente sequestrada e traficada da África seja demonizada, em formulação categórica do desprezo devotado ao povo pelas elites de sempre. E, como demônios, conselheiristas são perigosos. Como perigosas eram, dizia-se à época, as classes formadas pelos contingentes recém-saídos da escravidão formal, e contra quem os poderes constituídos teriam de estar sempre alertas. Conselheiristas formam legião, são violentos de raiz; não há como não serem punidos exemplarmente. Um Estado policial, contra sua gente mais fragilizada: não é isto que se vê apregoado nos dias atuais? Pois bem, a tragédia produzida no Belo Monte não se efetivou sem que esta mesma lógica a justificasse. A "cidade fulminada" com sua "legião de demônios" é a capital daqueles restos retardatários a serem extirpados do país: não é isso que Euclides defendia ao escrever sobre a "nossa Vendeia"?

Mas ao final das reportagens Euclides parece que vai se deixando condoer pela brutalidade que está vendo. Ele chega a fazer uma caminhada pela cidade uma semana antes de ela ser definitivamente destruída. Por certo viu corpos largados em meio a escombros, ruínas e mais ruínas, e parece que acaba tocado pelo horrendo que contempla, mas não pode descrever aquilo para seu jornal. Não pode: nem ele se permite, nem o jornal o admitiria. Então diz de maneira sutil: a vitória prestes a ser alcançada não pode ter "exclusivamente um caráter destruidor". É preciso "incorporar à civilização estes rudes patrícios que – digamos com segurança – constituem o cerne da nossa nacionalidade".

Veja: o tom se alterou e há um deslocamento, mesmo que pequeno, quase envergonhado. Mas o problema é como incorporar esses "rudes patrícios" mortos: dando-lhes sepulturas dignas? Ironias à parte, já se antevê alguma coisa que só poderá ser dita com letras mais densas e tintas mais intensas em *Os sertões*. Ele está vendo que o exército foi ali apenas para destruir um arraial e mais nada. Não há nenhuma missão sendo ali realizada que possa ser qualificada como civilizatória. Mas isto ele não pode afirmar nas reportagens por razões que nem é preciso mais mencionar, a esta altura dos acontecimentos.

* * *

Cinco anos separam esses escritos de Euclides produzidos "em tempo de guerra", primeiro à distância, depois acompanhando-a de perto, da publicação de *Os sertões*, em dezembro de 1902. São cinco anos nos quais Euclides trabalhará nessa temática. Mas ainda há o que dizer sobre o escritor em 1897. Da Belo Monte quase destruída ele volta para Salvador, pouco antes de a guerra terminar, algo que ele também tentou ocultar. Na capital da Bahia ele ficou na casa de uma família e, no livro de visitas que ela mantinha, Euclides, convidado a deixar ali um registro, escreve um tocante soneto, de título "Página vazia", em que ele começa a expressar as agruras que presenciou sem ter a coragem de denunciar:

> *Quem volta da região assustadora*
> *de onde eu venho, revendo, inda na mente*
> *muitas cenas do drama comovente,*
> *da guerra despiedada e aterradora [...]*

Este poema expressa uma transição decisiva para o que será escrito em *Os sertões*. Ele será, finalmente, o resultado de um trabalho que Euclides haverá de fazer em torno desse tema com as impressões que ele lhe impôs. No entanto, são impressões contrastantes, e Euclides precisará operar uma síntese muito difícil de ser feita, que se converteu em questões muito discutidas entre leitores e avaliadores da sua obra. A leitura de *Os sertões* mostra que o autor toma a defesa da gente belomontense, que ataca a república na sua expressão mais brutal, representada pelo exército em sua ação truculenta e covarde. Ele mesmo diz que sua obra é de ataque à covardia sem sentido perpetrada contra o Belo Monte. Mas por outro lado se percebe claramente uma convicção da qual ele nunca abriu mão: *Belo Monte é inviável*.

E isto por quê? Porque suas bases são incompatíveis com a modernização e o desenvolvimento que o país está condenado a construir. Já se viu: há uma cultura assentada em bases tradicionais, fundadas, como ele mesmo diz, numa "religiosidade indefinida" repleta de superstições e que, portanto, não faz sentido no contexto em que o Brasil tem um recém-proclamado regime com a promessa de fazê-lo avançar na direção do progresso. Alguém poderia pensar que Euclides estivesse escrevendo dois livros, em duas instâncias diferentes: um para atacar o exército e, por extensão, expressar sua decepção com a República, que deveria ser um regime que trouxesse a civilização para o Brasil e não aquilo que foi feito no Belo Monte; e outro para reafirmar a inevitabilidade do desaparecimento do Belo Monte, que se sustentava em bases inaceitáveis para quem, como Euclides, se entendia vinculado àquilo que parecia o pensamento mais avançado do seu tempo, ancorado em grande medida no positivismo com seu culto à ciência. Com efeito, foi principalmente a filosofia de Auguste Comte que marcou a formação dos segmentos republicanos do final do século XIX, e Euclides bebia destas referências que tomava como as mais arrojadas.

Como conciliar duas perspectivas aparentemente contraditórias: denunciar o crime da República e ao mesmo tempo dizer que o Belo Monte não tem lugar no país que avança na direção do progresso? Esse é o dilema com o qual Euclides se defronta, e demora cinco anos para lhe dar uma solução. E ele consegue. Não se trata, então, de pensar em *Os Sertões* como um livro contraditório, como alguns intérpretes sugerem: ele tem uma espinha dorsal coerente que sustenta toda a sua construção, que se encontra no seu capítulo 4, da parte II.

Vejamos. *Os sertões* tem três partes: "A terra", "O homem" e "A luta". Na parte central, "O homem", Euclides trata de caracterizar os diversos tipos e raças que compõem a população brasileira, fazendo convergirem os caminhos da sua escrita para o sertão, o que é óbvio, porque é para esse mundo que ele dirige a atenção de quem o lê. No capítulo 3 desta segunda parte ele traça o perfil do sertanejo em geral; no capítulo 5, que é o último, ele delineia os contornos do arraial, que ele sempre chama de Canudos.

E entre os dois o perfil de Antônio Conselheiro. O modo como Euclides o apresenta e descreve sua trajetória até os momentos que desembocariam no estabelecimento do Belo Monte é decisivo para se compreender o propósito da escrita da obra, da sua arquitetura, da acomodação das duas perspectivas aparentemente incompatíveis entre si, como já foi dito: denunciar a brutalidade praticada pelo novo regime contra uma pobre comunidade sertaneja e estabelecer a inviabilidade de um Belo Monte no Brasil que rumava na direção do progresso. Quem sustenta a coerência lógica desta engrenagem literária e reflexiva é exatamente o personagem de Euclides, Antonio Conselheiro: um "anacoreta sombrio", dotado de "misticismo feroz e extravagante"; um "documento raro de atavismo"; um "falso apóstolo", alguém dotado de uma "constituição mórbida" e situado "nas fronteiras oscilantes da loucura", alguém que "reunia no [seu] misticismo doente todos os erros e superstições que formam o coeficiente de redução de nossa religiosidade" e que só veio a ingressar na história porque faltou vaga para que fosse internado num hospício: um "bufão arrebatado em visões do Apocalipse". Enfim: "um monstro".

As expressões entre aspas que listei acima são algumas entre muitas outras com que Euclides apresenta a quem o lê a figura do líder do Belo Monte. Mas não são apenas estas expressões pejorativas criadas por Euclides que fariam do Conselheiro um personagem assim tão desabonador. Havia também o preconceito contra o estilo do peregrino que, como já se viu, teria feito um trilho na direção da vagabundagem; na verdade, tratava-se de um "caso notável de degenerescência intelectual" que bem o fez merecer a classificação como "um heresiarca do século dois em plena idade moderna". Estas duas formulações sintetizam as referências principais que demonstram o teor da construção euclidiana da personagem de Antonio Conselheiro em sua obra, destinada a sustentar o propósito dos sentidos de seus ideais, dispostos em todo seu edifício literário, bem como garantir-lhe a coerência.

Por mais que queira disfarçar e mesmo mostrar-se distante, Euclides não consegue – no fundo, nem pretende – desvencilhar-se dos efeitos produzidos nele por dois trabalhos que abordaram o Belo Monte e seu líder e que acabavam de ser publicados em periódicos franceses, um em 1898, outro em 1901. Os dois trabalhos tinham um mesmo mentor, o médico psiquiatra e legista Raimundo Nina Rodrigues, então muito renomado nos meios intelectuais brasileiros. Eles foram reunidos mais recentemente numa coletânea de escritos de sua autoria com um título muito significativo: *As coletividades anormais*. Os dois trabalhos sustentavam, de um lado, que o Belo Monte havia sido um caso em que claramente se manifestou uma epidemia de loucura; de outro, que seu líder, um mestiço, era portador de um delírio progressivo crônico, um perigo para a sociedade pela força que emana para congregar tanta gente mestiça. Uma gente degenerada, a se confiar em sua avaliação, marcada pelo mais tosco e repugnante racismo.

Nina sustentou seu argumento sobre a insanidade do Conselheiro tendo como base uma experiência única, que teve o privilégio de conduzir: o exame do suposto crânio de Antonio Conselheiro. Digo "suposto" porque existe a intrigante suspeita de que não tenha sido o de Antonio Maciel o cadáver encontrado entre os escombros do Belo Monte já totalmente destruído, no fim do dia 05 de outubro de 1897, data do término dos combates: cadáver recolhido da cova, devidamente fotografado (estaríamos diante de uma *Fake Photo*? Seja como for, uma foto famosa...) para que depois sua cabeça fosse cortada, como prova macabra de que a vitória tinha sido alcançada, de que o massacre tinha sido levado a bom termo.

Seja como for, tal "peça" é levada a Nina Rodrigues, em Salvador, para ser submetido a um "exame craniométrico", a partir do qual o então eminente alienista daria a palavra decisiva e autorizada pela ciência sobre loucura e inclinação ao crime... E qual foi ela? É de pasmar! Diz o laudo fatídico: "trata-se de um crânio normal", o que "confirma o diagnóstico de delírio crônico de evolução sistemática". Isso mesmo: o crânio do Conselheiro é normal se se analisa que é de um mestiço, portanto, um degenerado por natureza, louco e delirante por sua condição de mestiço! Imagine-se uma avaliação destas, promovida pelo que supostamente era a ciência mais avançada da época, pouco tempo antes de Freud publicar seu revolucionário *A interpretação dos sonhos*, inaugurando um modo totalmente novo de abordar o sujeito humano em sua radical singularidade e no modo de produzir o laço social.

Euclides parece ter feito algum esforço para que sua apreciação do Conselheiro fosse menos tacanha, bronca e patética que aquela assinada pelo "doutor" Nina. Em alguns momentos ele insinua este distanciamento. Mas ao final fracassa: apesar de uma ressalva aqui, outra ali, seu capítulo sobre Antonio Conselheiro em *Os sertões* acaba por fazer uma tradução literária, em contundente densidade estética, do laudo tosco e eugenista de Nina Rodrigues que justificou seu parecer a respeito do Belo Monte e seu líder. Se de um lado Euclides garante que o Conselheiro "não deslizou para a demência", parecendo assim contestar a avaliação de Nina, por outro atesta que lhe vale a caracterização de um "doente grave", a quem cabe "o conceito de paranoia"...

* * *

Em síntese, o problema do Conselheiro se situa no terreno da (in)sanidade mental, tanto para Nina quanto para Euclides. Mas este último dá vazão a mais um outro componente, que talvez até poderia lhe haver sido insinuado pelos escritos do médico maranhense. Ele se cruza com o anterior, e faz da figura do Conselheiro algo ainda mais estranho e extravagante, porque "está fora do nosso tempo".

Recorde a expressão que mencionei mais acima. Para Euclides, o líder do Belo Monte é um "heresiarca do século II em plena idade moderna". Vamos por partes. "Heresiarca" é o mesmo que herege, ou seja, alguém que estaria desviado da verdadeira doutrina religiosa. Qualquer semelhança com o que foi visto sobre o frei João Evangelista a respeito do Conselheiro não seria coincidência, porque Euclides leu e releu o relatório assinado pelo missionário. Mas não é estranho ver Euclides se arvorando a avaliador de doutrina, como se fora um severo teólogo, com sanhas de inquisidor? A denúncia assume um caráter inusitado: o escritor dirá várias vezes que Antonio Conselheiro nunca entendeu adequadamente o catolicismo, que ele no máximo se aproximou do judaísmo, uma religião que, na sua mentalidade marcada pelo evolucionismo, estava um grau abaixo daquela iniciada com a atividade de Jesus.

Mas não é só isso. Por que na continuação Euclides situa o heresiarca Conselheiro no século II de nossa era, nos "primeiros dias da Igreja"? É que ele havia lido a obra de um escritor muito famoso àquela época, um filósofo e historiador francês de nome Ernest Renan. A obra se chamava *Marco Aurélio e o fim do mundo antigo*, e era um dos vários volumes de um trabalho muito mais amplo intitulado *História das origens do cristianismo*. Marco Aurélio foi um imperador romano da segunda metade do século II, considerado por muitos o último grande soberano a governar a Roma antiga, que depois teria começado um lento e incontrolável declínio; daí o título que Renan dá a este volume. Nele o escritor desenvolve uma série de considerações sobre líderes religiosos que foram sendo considerados hereges e expulsos da igreja cristã, que estava em vias de institucionalização. Em *Os sertões* estes líderes se converteram em "adoidados chefes de seita". Esta viagem pelas leituras de Euclides é altamente esclarecedora; ele nos garante que na pregação do Conselheiro, que superava em termos de aceitação aquelas dos "capuchinhos vagabundos das missões", o que se nota é "a revivescência integral" das aberrações proclamadas por aqueles hereges de um passado tão remoto, aberrações que se julgaria extintas.

Particularmente um destes líderes chamou muito a atenção de Euclides: um de nome Montano com seu movimento que seria, segundo Renan, uma das expressões mais exageradas de fanatismo da história humana em todos os tempos. Pois bem: o escritor d'*Os sertões*, que não conheceu pessoalmente o Conselheiro nem os seus escritos, vai descrevê-lo com as mesmas tintas com as quais Renan apresentava Montano, às vezes se servindo das mesmas palavras, expressões, parágrafos! E o que teriam em comum estes dois "aloucados", separados no espaço – um na Frígia (atual Turquia), outro no sertão – mas principalmente pelo tempo de dezessete séculos? Responde Euclides, categórico: encontravam-se num e noutro "o mesmo milenarismo extravagante, o mesmo pavor do Anticristo despontando na derrocada universal da vida. O fim do mundo próximo..."

Este é o ponto-chave: Euclides vê em Belo Monte as mesmas expectativas escatológicas cultivadas no seio do montanismo: a chegada iminente do fim dos tempos e a implantação, aqui na terra, de um reino maravilhoso, de mil anos, que estaria prenunciado no livro bíblico do Apocalipse. E era preciso preparar-se para alcançar esta salvação, que seria total, definitiva.

É que Renan entendia que as "aberrações" do passado não haviam sido extintas com o passar do tempo e da história do cristianismo. Segundo ele, o Corão e o islã prolongam esta tendência representada por Montano. E ainda, em pleno século XIX, "seitas comunistas e apocalípticas da América fazem do milenarismo e do juízo final próximo, a base de sua crença, como nos primeiros dias da primeira geração cristã". Daí para Euclides inserir Belo Monte na esfera destas seitas foi um passo. Um passo decisivo e em falso, porque baseado em nada, a não ser em convicções ancoradas em nenhuma prova... Não conheceu os escritos do Conselheiro, interpretou com evidente má vontade os fragmentos de textos anônimos que ele havia encontrado entre os escombros do arraial semidestruído, atribuindo-os sem mais ao Conselheiro.

Enfim, Euclides inventa um veio interpretativo do Belo Monte, que tanta repercussão haveria de ter posteriormente. Mas há ainda um último ponto a ser destacado nesta comparação gratuita que converte o Conselheiro num Montano do sertão: dezessete séculos separam estas duas figuras. Para alguém que pensa tudo em termos de evolução, como Euclides, tal distância converte o

Conselheiro num retardado, aparecido no sertão tendo passado já mais de um milênio e meio após o tempo em que, na companhia de seus "comparsas", seria tido como "normal". Mas apareceu agora, e este retardamento faz dele alguém que "está fora do nosso tempo". Ou seja, o Conselheiro era uma agente do retrocesso, do atraso, e o grande desastre que ele produziu foi o de arrastar milhares de sertanejos ignorantes, desinformados e supersticiosos para uma ruína inevitável. Aquela gente cometeu o erro, resultante de sua ignorância, de acreditar num retrógrado, num fulano que seria considerado normal se houvesse aparecido dezessete séculos antes.

Com isto se esclarece o eixo argumentativo que sustenta a escrita d'*Os sertões*: a destruição do arraial conselheirista era inevitável. Mas as armas a serem utilizadas nesse combate contra o Belo Monte não deveriam ter sido os revólveres, as espingardas e os canhões, e sim o professor. Ora, em *Os sertões* Euclides omitiu uma informação crucial encontrada em suas notas: a de que em Belo Monte havia escola. Por quê? É simples: porque precisa caracterizar o Belo Monte como um lugar habitado por gente absolutamente ignorante, sem nenhum acesso aos valores, à cultura e à ciência da civilização. Com isso podia então dizer que a República errou *apenas* nos meios de fazer a destruição necessária. E os sertanejos teriam cometido o erro, pelo qual pagaram caro, que foi o de acreditar no lunático que estava "fora do nosso tempo".

Como se vê, ao final quem paga a conta pelos equívocos, tanto o da República como o da gente sertaneja, é o Conselheiro. O desenho que Euclides da Cunha faz dele neste capítulo nefasto d'*Os sertões* o converte no vilão da história, se posso assim me expressar.

O entendimento da elite do país, com a qual Euclides compactuava, de que o povo é ignorante, atrasado e até mesmo idiotizado, já estava implícito no ideal positivista, segundo o qual só a educação haveria de tirá-lo de tal situação. A religião era tida por Comte como expressão do estado mais primitivo na "marcha progressiva do espírito humano". Era o ponto de partida necessário na aventura do conhecimento, mas destinado a ser superado. A partir dessa lógica se entende que Euclides fale da "normalidade" de Antônio Conselheiro desde que ele houvesse existido em outros tempos, bem remotos. Na nossa era ele não é outra coisa que "um documento vivo de atavismo"; não tem lugar, portanto. De outro lado, a escola pensada por Euclides – e pelos positivistas de modo geral – teria como uma de suas finalidades neutralizar uma dimensão fundamental da cultura brasileira, a da religião, que é vista por essa elite do tempo de Euclides e pelo próprio como um estorvo, como alguma coisa que não faz mais sentido, e que é discrepante do novo padrão vigente calcado no saber da ciência moderna de base positivista. Não se pode dizer que essa mentalidade em relação à religião tenha sido superada no Brasil "letrado" e "culto" do século XX e inícios do XXI; e a associação da religião "cristã" ao que há de mais perverso, reacionário e autoritário no atual governo se alimenta também desta dificuldade em bem avaliar, de forma ao mesmo tempo crítica e generosa, o lugar do religioso na constituição do humano e, de modo particular, da sociedade brasileira.

Mas volto a Euclides, para concluir. Ele estabeleceu com o tema Belo Monte e Antonio Conselheiro uma relação que atravessou seis anos da sua vida. O Euclides de 1897 é o jornalista que primeiramente escreve, mesmo à distância dos acontecimentos, dois artigos repletos de louvações ao exército e aos valores que a República será capaz de imprimir na sociedade e na cultura brasileira, marcadas por tantos traços de rudeza, ignorância e atraso. Mais adiante, ao tomar contato com o Belo Monte já semidestruído, começa a ensaiar um deslocamento de perspectiva, passa a olhar com consideração a gente sertaneja, especialmente nas últimas reportagens que endereça ao jornal que o enviara como correspondente daquela guerra. Atreve-se a expressar alguma admiração pela bravura daquela gente sertaneja e chega a reconhecer que sim, aquelas pessoas constituíam o cerne da nossa nacionalidade. Mas o faz ainda sob a censura imposta aos jornais.

Quando passa a se dedicar à elaboração daquela que seria sua obra maior, a partir de 1898, Euclides já está no interior do estado de São Paulo, em São José do Rio Pardo, cidade que o cultua até hoje, que todo ano comemora o fato de ele ter escrito uma grande extensão, quase que a totalidade, d'*Os sertões* ali (há inclusive uma semana de estudos e reflexões sobre a obra de Euclides, que ocorre todos os anos no mês de agosto, já faz décadas – meritório trabalho feito por uma entidade sediada na casa que havia sido a residência do escritor).

Então era chegada a hora e a vez de enfrentar o desafio de tomar a defesa daquela gente maltratada, brutalizada, trucidada. Mas Euclides estava amarrado aos "dogmas" do pensamento do seu tempo que se apresentava como de vanguarda: o Belo Monte era mesmo inviável. O preço a ser pago pela aventura intelectual de compatibilizar estas posições que pareceriam antagônicas a qualquer um é um bode expiatório com nome e sobrenome: Antonio Conselheiro.

É delineado assim, nesta caricatura, que o líder do Belo Monte atravessa o século XX e adentra o atual. Recorde como o grande ator que foi José Wilker não conseguiu dela escapar ao emprestar seu talento para ser o Antonio Conselheiro no filme *Guerra de Canudos*, película altamente discutível, aliás, para dizer o mínimo. É que essa caricatura euclidiana foi funcional. Nas palavras de

Eduardo Hoornaert, notável historiador do cristianismo, em seu livro *Os anjos de Canudos*, "era preciso sacrificar o Conselheiro no altar da honorabilidade brasileira para que a elite do país pudesse recuperar-se do trauma causado pela memória de uma ação tão covarde por parte do governo do país diante de uma comunidade de pobres sertanejos". Euclides fabricou um autêntico "boi de piranha", lançado às águas para ser devorado pelo ávido cardume e com isso desviar-lhe a atenção, salvando toda a boiada. A execução literária do Conselheiro permitia à intelectualidade e à politicalha brasileira absolverem *post mortem* a gente sertaneja e contemporizar com os desmandos praticados pelo poder estabelecido; afinal de contas, esse poder se deparava efetivamente com um monstro a desmantelar, embora o tivesse combatido com métodos equivocados. É impossível dizer que esta lógica tenha sido sepultada no passado quando se olha a cena política atual, o descaso das elites para com o povo, a demonização das lideranças que surgem como expressões de seus anseios, a cumplicidade com os desmandos e truculências deste governo feito do que de mais abjeto já apareceu na cena política brasileira.

A obra de Euclides é difícil e desafiadora, aparentemente contraditória, mas faz todo sentido quando se pensa que no final das contas ela expõe um projeto de país no qual uma figura como Antônio Conselheiro e um projeto como o Belo Monte não têm lugar. A comparação com os nossos dias é inevitável: implementa-se, no presente momento, "a toque de caixa", um projeto de país no qual não cabem as demandas populares, e as lideranças e movimentos que as veiculam são tomados como terroristas. Só num cenário assim longamente construído se entende a prisão ilegal, à base de muita convicção e sem nenhuma prova, do maior líder popular que este país já conheceu. A leitura d'*Os sertões*, portanto, neste seu misto de épico, relato jornalístico e ensaio histórico-sociológico, ou, nas palavras de seu autor, neste seu "consórcio da ciência e da arte", é história oportuna também para que se perceba como este viés perverso pelo qual se pensa e se conduz o Brasil tem largo lastro histórico.

Conselheiristas, principalmente mulheres, que se renderam com a promessa de terem suas vidas poupadas. No dia seguinte ao da foto a maioria dessas pessoas seria degolada pelas forças da repressão.

VII

A DESTRUIÇÃO DO BELO MONTE EM NOME DA ORDEM E DO PROGRESSO

Neste capítulo trato de operar o entrecruzamento dos elementos já apresentados, restabelecendo algumas referências importantes a fim de entender a alternativa que o Belo Monte representou, articulando-as com a trança de interesses divergentes e em disputa que acabaram por se unir num meticuloso jogo de poder para inviabilizar a invenção e aniquilar o "perigoso" inimigo. A partir de duas cenas, estabeleçamos uma síntese do percurso feito sobre este complexo emaranhado. A primeira remete à passagem antológica d'*Os sertões*, aquela sobre o "beija das imagens", como expressão ritual da religiosidade popular no Belo Monte. A descrição que Euclides inventa é tão fascinante que será citada por Silvio Romero, importante intelectual da época, no discurso de acolhida do escritor na Academia Brasileira de Letras, em 1903, meio ano, mais ou menos, após a publicação d'*Os sertões*. Esta página é vista por Romero como a expressão privilegiada da qualidade literária e surpreendente da pena, da escrita de Euclides da Cunha. Mas ela convoca outros aspectos que quero aqui destacar. A segunda cena teremos de imaginar. Imaginar uma visita a uma casinha no Belo Monte, aquela em que o Conselheiro vivia. Pensemos ainda encontrá-lo, na primeira metade de 1895, justamente escrevendo aquele que é o primeiro dos dois cadernos que sobreviveram até nossos dias com sua letra e assinatura. Então a partir desses dois momentos buscarei uma síntese que sirva tanto de arremate como de ponto de partida para a nova etapa do caminho.

* * *

Viajemos ao sertão do Belo Monte, ao local que Euclides denomina "Santuário", talvez a igreja de Santo Antônio já construída, em fase de finalização. Euclides descreve longamente a cena do "beija", no capítulo 5 da parte II d'*Os sertões*, nos seguintes termos:

> *As rezas, em geral, prolongavam-se. Percorridas todas as escalas das ladainhas, todas as contas dos rosários, rimados todos os benditos, restava ainda a cerimônia final do culto, remate obrigado daquelas.*
> *Era o «beija» das imagens.*
> *Instituíra-o o Conselheiro completando no ritual fetichista a transmutação do cristianismo incompreendido.*
> *Antônio Beatinho, o altareiro, tomava de um crucifixo; contemplava-o com o olhar diluído de um faquir em êxtase; aconchegava-o do peito, prostrando-se profundamente; imprimia-lhe ósculo prolongado; e entregava-o, com gesto amolentado, ao fiel mais próximo, que lhe copiava, sem variantes, a mímica reverente. Depois erguia uma virgem santa, reeditando os mesmos atos; depois o Bom Jesus. E lá vinham, sucessivamente, todos os santos, e registros, e verônicas, e cruzes, vagarosamente, entregues à multidão sequiosa, passando, um a um, por todas as mãos, por todas as bocas e por todos os peitos. Ouviam-se os beijos chirriantes, inúmeros e, num crescendo, extinguindo-lhes a assonância surda, o vozear indistinto das prédicas balbuciadas a meia voz, dos mea-culpas ansiosamente socados nos peitos arfantes e das primeiras exclamações abafadas, reprimidas ainda, para que se não perturbasse a solenidade.*

O misticismo de cada um, porém, ia-se a pouco e pouco confundindo na nevrose coletiva. De espaço a espaço a agitação crescia, como se o tumulto invadisse a assembleia adstrito às fórmulas de programa preestabelecido, à medida que passavam as sagradas relíquias. Por fim as últimas saíam, entregues pelo Beato, quando as primeiras alcançavam as derradeiras filas de crentes. E cumulava-se a ebriez e o estonteamento daquelas almas simples. Desbordavam as emoções isoladas, confundindo-se repentinamente, avolumando-se, presas no contágio irreprimível da mesma febre; e, como se as forças sobrenaturais, que o animismo ingênuo emprestava às imagens, penetrassem afinal as consciências, desequilibrando-as em violentos abalos, salteava a multidão um desvairamento irreprimível. Estrugiam exclamações entre piedosas e coléricas; desatavam-se movimentos impulsivos, de iluminados; estalavam gritos lancinantes de desmaios. Apertando ao peito as imagens babujadas de saliva, mulheres alucinadas tombavam escabujando nas contorções violentas da histeria, crianças assustadiças desandavam em choros; e, invadido pela mesma aura de loucura, o grupo varonil dos lutadores, dentre o estrépito, e os tinidos, e o estardalhaço das armas entrebatidas, vibrava no mesmo ictus assombroso, em que explodia, desapoderadamente, o misticismo bárbaro...
Mas de repente o tumulto cessava.
Todos se quedavam ofegantes, olhares presos no extremo da latada junto à porta do Santuário, aberta e enquadrando a figura singular de Antônio Conselheiro.
Este abeirava-se de uma mesa pequena. E pregava...

O impacto, a impressão que um texto como este produz, o transporte que faz para dentro do espaço em que supostamente esses eventos aconteciam, torna quase possível ouvir os sons agudos e alongados dos beijos às intermináveis imagens que passavam por incontáveis e incontidas mãos, de boca em boca, de peito em peito; é igualmente possível "ver" as mulheres gritando de um lado, as crianças chorando de outro, os homens com suas armas e seus instrumentos de trabalho também envolvidos naquela cena estrepitosa e tumultuada.

Enaltecido o valor literário desta página, sigamos. Euclides esteve lá, no Belo Monte, já se viu em quais circunstâncias. Mas ele jamais presenciou a cerimônia que descreveu; ele a criou, inventou, dirigiu como cena literária; fez o seu melhor. Não terá sido sem propósito; já se viu algo a respeito. Destaco que seu autor pretendeu tecer um consórcio de ciência e arte, reservando à primeira a comprovação da verdade; quanto à segunda, é um plano de radical invenção. Isso constitui um impasse que garante a Euclides, confundindo seu leitor, desfrutar da mais nobre confiabilidade dos dois pilares elevados da criação humana. Quem discute a excelência da ciência e da arte, quanto mais se estão em consórcio? Impossível, como também impossível se faz servir concomitantemente a esses dois senhores, no que diz respeito aos ideais de verdade. Fazendo dessa forma, Euclides, se falta com ela por um lado, está respaldado pelo outro.

Volto à cena do "beija". Recorde que Euclides a inventou a partir de um parágrafo do tantas vezes citado relatório de frei João Evangelista de Monte Marciano, mas não foi literal, em absoluto com respeito à matriz literária que o inspirou. O missionário no seu relatório diz o seguinte:

> *as cerimônias do culto a que* [Antonio Conselheiro] *preside, e que se repetem mais amiúde entres os seus, são mescladas de sinais de superstição e idolatria, como é, por exemplo, o chamado beija das imagens, a que procedem com profundas prostrações e culto igual a todas, sem distinção entre as do Divino Crucificado, e da Santíssima Virgem e quaisquer outras.*

Seria covardia comparar ambos os textos. Desta matéria-prima Euclides construiu uma cena literariamente poderosa, que muito impressiona. Além do relatório, o autor deve ter tido contato com o romance *Os jagunços* (1898), de Afonso Arinos, escritor que também não conheceu o Belo Monte mas manifestava simpatia para com algumas de suas facetas, e terá conhecido o texto de frei João. Veja como ele se manifesta:

> *Havia constantemente a cerimonia do "Beija", em que a gente de Belo Monte ia prestar culto às imagens de santos, e todas as pessoas, indistintamente, depois de profundas reverências, osculavam as imagens.*

Relato conciso, registrando uma prática ritual que seria recorrente no âmbito da tradição religiosa do sertão; nada a estranhar se se considera a formação histórica do catolicismo popular em nossa terra. E distante da cena histriônica forjada em *Os sertões*. Mas então: como entender a construção operada por Euclides e os efeitos por ele buscados?

Veja que João Evangelista apresenta esta cerimônia do "beija" como expressão ritual em que se manifestavam sinais de superstição e idolatria. Ora, estas categorias se situam no terreno da avaliação da "qualidade", digamos assim, de uma determinada manifestação religiosa. São palavras que aqui assumem o tom de uma denúncia muito comum no campo das disputas a respeito do que seriam a verdadeira doutrina e a adequada configuração litúrgica, sempre no universo das concepções e práticas religiosas. A denúncia de frei João, obviamente, deriva de seu profundo desprezo pela religião popular, pela religião santeira tão característica de nossa formação histórica e cultural, que com os termos em questão fica então desqualificada.

Note que Afonso Arinos, em sua curta descrição, evita a utilização dos referidos termos. Já Euclides exacerba as potencialidades abertas por eles, mas principalmente os desloca para um outro campo, para um horizonte de muito maior apelo a quem venha a ler seu relato. Que ele nutra pela religião popular, que ele já havia qualificado pejorativamente como "mestiça", a intensa aversão manifestada por frei João, é indiscutível. Mas ele não é um perito nas questões religiosas, nem o pretende ser; de maneira que tal aversão é de outra ordem. Entretanto, ele não deixa de insinuar seu acordo de fundo com frei João, ao caracterizar o "beija", segundo ele "instituído" pelo Conselheiro, como o desfecho decadente de uma manipulação do cristianismo que este último nunca teria compreendido, produzindo então uma manifestação fetichista. Esclareço que qualificar o ritual conselheirista como "fetichista" era o maior destrato que Euclides lhe poderia fazer. Nas concepções teóricas da antropologia de seu tempo o fetichismo, ou seja, a atribuição de poderes mágicos a objetos que seriam representações ou mesmo encarnariam entidades sobrenaturais, era considerado o mais primitivo modo de expressão religiosa; assim eram qualificadas, por exemplo, as manifestações encontradas entre as tribos africanas ou os povos ancestrais da América ou da Oceania. No caso brasileiro, ou melhor, sertanejo, a avaliação não poderia ser diferente: é que

Euclides não tem dúvidas de que a mestiçagem é sinal de um retardamento em termos biológicos que acaba por se expressar, em termos culturais e religiosos, em crendices e superstições das mais rasas. Não seria possível ter outro sentido a manifestação daquela "religião mestiça".

Mas com isso o deslocamento de perspectiva vai ficando mais evidente. Se João Evangelista desqualifica a prática religiosa popular vivida no Belo Monte em nome da reta doutrina, para Euclides o problema se manifesta em outro campo, que só amplia a gravidade do diagnóstico emitido pelo missionário. Ele converte o ritual conselheirista numa manifestação de "neurose coletiva". Note que para ele o termo "neurose", diferentemente do que se coloca para a psicanálise – paradigma de ponta quanto à subjetividade humana, já estabelecido no final do séc. XIX, que aponta a posição que estrutura o sujeito na linguagem e na cultura –, remete para o campo do patológico. Veja quantos termos e expressões aparecem na página euclidiana remetendo para este campo de significados: "agitação", "ebriez", "estonteamento", "contágio irreprimível" de uma febre, emoções que se desbordam, consciências desequilibradas "em violentos abalos", "desvairamento irreprimível", exclamações que rompiam "entre piedosas e coléricas", "movimentos impulsivos", "gritos lancinantes, de desmaios", "mulheres alucinadas" que caíam "escabujando", ou seja, "estrebuchando" em "contorções violentas da histeria", "crianças assustadiças"; e finalmente, para não mais alongar a lista, "o grupo varonil dos lutadores possuído "pela mesma aura de loucura". Tudo isso atravessado pelo "estardalhaço das armas entrebatidas": claro, a disposição para a violência perpassa esta cena que reproduz todo o poderio "assombroso" do "misticismo bárbaro". A catilinária anti-conselheirista atinge, talvez, seu ponto mais alto; adquire seu mais eloquente potencial destrutivo.

Em outras palavras: esta página capital d'*Os sertões*, expõe o Belo Monte em uma cena... de loucura e de desatino que acometem e tomam conta de todas as pessoas envolvidas. Não foi a despeito deste efeito que ela se fez merecedora do maior destaque que a intelectualidade brasileira poderia conferir a quem a concebeu. O arraial conselheirista condensa toda sua significação neste momento ritual, "cerimônia final do culto, remate obrigado" de todas as rezas e benditos. E não se diga que o final da descrição absolve o Conselheiro, na medida em que diante dele o tumulto se suspenderia; afinal de contas, não foi ele o inventor da referida cerimônia? Logo adiante, sem meias palavras, Euclides dirá: a cena que ele acabou de descrever era uma ilustração "visual" e "sonora", se posso assim me expressar, de "uma sociedade velha, uma sociedade morta, galvanizada por um doido"! Um "núcleo de maníacos"!

Isto era o Belo Monte: por isto Euclides fala de *urbs monstruosa* (expressão em latim que significa "cidade monstruosa"): afinal de contas, não se trata de um monstro aquele que a concebeu e liderou? Merece ela também a qualificação de uma *civitas sinistra* (outra expressão oriunda do latim, significando "cidade sinistra"), abrigo do "erro" e do "delírio religioso". Leitor e leitora atentos da poderosa escrita não vão titubear; entenderão que o Belo Monte é inviável; afinal de contas, veja o que era a obra do Conselheiro! Olhe seus resultados! Isto não poderia mesmo continuar, por carecer completamente de sentido. É digno de nota que Euclides estrategicamente coloque o Conselheiro no início e ao final da cena. Ele aparece como aquele que desencadeia a cerimônia tresloucada, ao mesmo tempo em que se mostra o único capaz de trazê-la de volta a eixos mínimos de "normalidade" quando se apresenta para pregar, com os traços bárbaros e arrepiadores que, sempre segundo

Euclides, caracterizam esta atividade do líder. Os aplausos não demorariam, quem sabe entremeados de risos de escárnio...

Mas há ainda mais um elemento a ser considerado: aquele ritual não é algo que apareça no texto de maneira desviante da direção adotada na narrativa, ou como uma expressão à parte do que seria o arraial belomontense na ótica de Euclides. A escrita do autor tem a capacidade poderosa de transmitir a quem o lê a sensação de que aquele momento ritual condensa todo um modo de ser e conviver no cotidiano, amalucado, do qual o Conselheiro é o inventor. Esta página d'*Os sertões* foi destacada não apenas por seus inegáveis méritos literários, mas porque faz "visualizar" a seu leitor e leitora a inviabilidade completa da experiência que ela sintetiza. As razões que levaram à guerra estavam até certo ponto ultrapassadas: a consolidação do poder republicano nas mãos da burguesia cafeeira de São Paulo e Minas Gerais já havia ocorrido, a ameaça monarquista já se havia evaporado, a Igreja Católica voltava a ter seu lugar de destaque nas articulações com o Estado nominalmente laico, o poder dos coronéis e políticos da região em que o Belo Monte existiu voltava a mostrar-se incontestado. Tudo isso era realidade à época da escrita do livro, e sempre mais à medida em que o tempo veio passando e novas leituras e leitores foram surgindo. Mas Euclides permite com seu livro, e com esta página em particular, perenizar na sensibilidade geral de boa parte da sociedade brasileira, ao longo do século XX e nos inícios do XXI, a convicção de que afinal o Belo Monte, com tudo o que ele representa, não tem lugar no país. *Os sertões* ao mesmo tempo denuncia o consórcio truculento que se criou para a destruição brutal do vilarejo conselheirista e consolida tal destruição como um fato que, no fim das contas, era inevitável e mesmo necessário tendo em vista o "país que se queria". Que as elites de ontem e hoje sempre quiseram e querem, bem entendido.

A essa altura se pode depreender que talvez não seja mero acaso que justamente a cena que vai de frei João a Euclides sintetize, em *Os sertões*, a inviabilidade do Belo Monte na ótica dos variados setores da elite econômica, política e intelectual do país. Amaldiçoado como Jerusalém – seja por Jesus, segundo o missionário, seja pelos profetas, no dizer de Euclides –, o vilarejo conselheirista é o radicalmente "outro", visto na ótica colonizador-colonizado, expressa magistralmente pelo pensador Tzetan Todorov em seu trabalho *A conquista da América: a questão do outro*. Os modernos "desbravadores" abordam a gente sertaneja em perspectiva similar àquela dos "descobridores" do século XVI, a começar por Colombo: ou miram seres completamente humanos, portadores de direitos; portanto, sendo iguais, devem incorporar e se lhes impõem os próprios valores e visão de mundo; ou então a marca é a da diferença, o que resulta em juízos de superioridade e inferioridade. Num caso e no outro existe a recusa de reconhecimento de que o "outro" possa ser algo distinto de um estado imperfeito de si mesmo. A diferença entre os tempos de Colombo e Cabral e os de Euclides e a República é que nestes últimos a afirmação da diferença que inferioriza é feita com os cânones da "moderna" ciência de então... Ela embasa a desautorização do dissenso que o arraial representava.

E para garantir a conjugação dos interesses que convergem para a eliminação do "outro" enquanto tal é possível qualquer coisa, inclusive uma curiosa inversão de papéis. Veja: se a gente comparar o relatório assinado por frei João com a obra de Euclides, vai verificar como o primeiro, embora preocupado em recuperar o lugar da instituição eclesiástica entre os sertanejos do Conselheiro, se esforça em apresentar a questão no quadro de uma teologia política, enquanto o segundo, cioso do regime político pelo qual batalhou e justamente por isso foi enviado ao palco dos combates, desde o início procura definir a necessidade do desaparecimento do Belo Monte em termos religiosos, e até teológicos, a começar com a identificação do Belo Monte com a Vendeia francesa, passando pela certeza da maldição bíblica sobre o arraial, até a caracterização do Conselheiro como novo Montano. De vilarejo monarquista a milenarista, a análise euclidiana adquire uma tonalidade teológica surpreendente, manifestando uma sintonia admirável com as preocupações de elites eclesiásticas que, no decorrer dos séculos, esmeraram-se em desqualificar as manifestações religiosas autônomas, dos indígenas e das comunidades negras, e mais recentemente as próprias expressões populares do catolicismo.

Só nessa perspectiva, de longa duração em nossa história, se entendem expressões, estranhas na pena de um agnóstico, como aquela segundo a qual em Belo Monte se vislumbrava o caso de uma "seita esdrúxula – caso de simbiose moral em que o *belo ideal cristão* surgia monstruoso dentre aberrações fetichistas". E na caracterização do Conselheiro, Euclides da Cunha se servirá das abordagens que autores liberais do século XIX, com Renan à frente, obviamente incômodos às elites eclesiásticas de seu tempo, propuseram do cristianismo nascente. Mas, nas mãos de Euclides, tais conceituações servirão a uma caracterização do Conselheiro que coincidirá, de alguma forma, com as representações que os próprios agentes eclesiásticos da Bahia faziam do líder de Belo Monte. Não se pode deixar de assinalar o acordo básico aqui notado entre o positivista Euclides e o receituário doutrinal do catolicismo ortodoxo e romanizado.

A convergência acima assinalada soou como senha para o processo de reaproximação, da parte da instituição católica, com o regime que até há pouco tempo considerava ímpio. A afirmação do princípio da ordem será reiterada nos posicionamentos eclesiásticos durante boa parte do século que estava para começar. Do outro lado também havia movimentos amistosos. Belo Monte, como depois outras oportunidades, terá sido propício para mostrar a ambos os lados que seus interesses não eram assim tão diversos como parecia inicialmente, como já o mencionamos. A intervenção atribuída a frei João Evangelista é sugestiva, pois evidencia que o regime republicano, a despeito de suas pretensões secularizantes, não se forjou sem o recurso ao que já foi chamado de "sagração do poder". Esta fundara a monarquia, tanto portuguesa como brasileira, e agora, sorrateiramente, fundava alguns dos termos específicos de nossa república. Boa parte dos embaralhamentos da cena política atual pode ser esclarecida se se faz o recurso a este dado historicamente estabelecido.

* * *

Até aqui uma cena. Mas há outra, muito menos eloquente, até porque difícil de imaginar num cenário em que, segundo Euclides, o que se viu acima seria a expressão dominante. Enfim, vamos a ela. Mas precisamos de outra ambientação, em que a palavra do Conselheiro tenha o seu lugar, a transmissão dos dez mandamentos encontre o seu devido reconhecimento como expressão da "regra" que o Peregrino ensinava, os "apontamentos" para a salvação sejam restituídos ao ambiente em que façam pleno sentido.

Havia uma casinha no Belo Monte chamada "santuário". Curiosamente era lugar de mesmo nome que Euclides escolheu para situar o rito do "beija" que ele descreve. Bem, "santuário" era o nome dado à habitação de Antonio Conselheiro: coincidência? Euclides imaginou o rito na residência do líder que ele tomava por bronco? Seja como for, vamos encontrar o Conselheiro confeccionando o seu primeiro caderno de anotações, ao menos o primeiro dos dois que hoje conhecemos. São mais de oitocentas páginas. O último terço deste caderno reproduz por escrito reflexões do Conselheiro, e a elas fiz referência anteriormente: recorde, são os textos reunidos sob o título *Apontamentos dos preceitos da divina lei de nosso senhor Jesus Cristo, para a salvação dos homens*.

Mas, e os dois terços precedentes? Deles ainda não tratei; é chegada a hora de o fazer, mesmo que acentuando apenas um único e crucial detalhe. No desenrolar de minha pesquisa sobre o Belo Monte, ao analisar os documentos que envolviam sua saga, fui sobressaltado por uma impressionante descoberta. É que Antonio Conselheiro estava a transcrever nada menos que o Novo Testamento, de maneira sistemática e rigorosa. Sem introduzir qualquer alteração, ele reproduzia o texto disponível naquele contexto, que era a tradução feita do latim pelo padre português Antônio Pereira de Figueiredo.

Vamos acompanhá-lo: o Conselheiro transcreve cada um dos evangelhos, segue copiando os Atos dos Apóstolos então passa às cartas do apóstolo Paulo, principiando por aquela "aos romanos". Mas aí vem a surpresa: transcorridas mais de quinhentas e cinquenta páginas de escrita, ele para de copiar antes do término da carta, exatamente no fim do seu capítulo 12. Ora, a carta em questão tem 16 capítulos; portanto, ficaram faltando os quatro últimos. É suspensa a transcrição, mas o Conselheiro avança na escrita: elabora a folha de rosto que abre os seus "apontamentos".

Agora chego ao ponto: a data que aparece nesta folha de rosto é a de 24 de maio de 1895. Isto corresponde a três dias após a saída dos missionários do Belo Monte, recorde-se disso. Portanto, há uma convergência entre a realização da missão, a suspensão da cópia do Novo Testamento e o início da elaboração dos "apontamentos". Mas não se trata de mera coincidência: se se contrasta o conteúdo do trecho onde o Conselheiro parou a transcrição e o teor básico do conflito estabelecido com ele por frei João, as coisas se esclarecem em uma profundidade inesperada: se ele continuasse a copiar o texto bíblico, eis o que o aguardava, na linha seguinte àquela em que ele parou: o primeiro versículo do capítulo 13 da carta aos romanos diz: "todo homem se sujeite às potestades superiores; porque não há potestade que não venha de Deus; e as que há, estas foram por Deus ordenadas". Ora, recorde que a primeira discussão de frei João com o Conselheiro foi em torno deste tema! O missionário exigia dele que, como católico, tivesse conhecimento de que a instituição eclesiástica condena as revoltas, aceita todas as formas de governo e reconhece que "os poderes constituídos governam os povos, em nome de Deus"!

O que ocorreu então foi que o Conselheiro se defrontou com a passagem bíblica que serve de sustentação ao argumento de frei João. Qual não terá sido o drama que acometeu o Conselheiro, "homem biblado" ao se confrontar com esta passagem bíblica que parece dar razão ao seu inquisidor. Está criado o impasse, entre o Conselheiro e o texto, que não é qualquer um! Não lhe foi possível prosseguir. Como reconhecer legitimidade bíblica a um regime cujas leis soam a ele e sua gente como do mal, um regime que escraviza todo mundo, etc.? Neste momento a resposta ao impasse é a suspensão da transcrição. Ele terá de rever seus conceitos: afinal de contas, aprendera o tempo todo, conforme o receituário católico, com apoio inclusive no texto paulino citado, entre outros, que as monarquias, os reis governam em nome de Deus e que a ré pública é obra de maçons, de inimigos da religião...

Certamente o Conselheiro não tinha conhecimento de que vinha do próprio papa da época, Leão XIII, a recomendação para que bispos e padres no Brasil deixassem de insistir nas contendas com o poder e com o regime recém-estabelecido no país. Foi por meio de uma carta, de 1894, que orientações neste sentido foram encaminhadas, e o líder do Belo Monte não teria titubeado em considerá-las oportunistas.

Do arraial que lidera não abre mão nem por um milímetro, mas ele carrega um problema a resolver do ponto de vista da elaboração. Leva um ano e meio enfim colocar por escrito sua resposta a frei João, a si mesmo e a sua gente em um sermão que acabou se tornando o mais famoso de todos os que deixou registrados nos dois cadernos. Trata-se de um sermão sem título, encontrado no caderno de 1897, que foi posteriormente intitulado "Sobre a República" por Ataliba Nogueira, para efeitos de esclarecimento, quando o editou. Devido ao tema, este sermão veio a se tornar o mais conhecido para quem se aventura na produção escrita do Conselheiro.

Resumidamente, a solução que ele encontra para o impasse em que se viu metido é genial em sua profundidade: "todo poder legítimo é emanação da onipotência Divina". A palavra que inscreve e reitera a resistência do Conselheiro é: "legítimo"; e com esse reposicionamento significante ele altera todo o sentido. Ao convocar esta palavra, ele faz flamejar a lenha na fogueira. Sustenta sua resposta, o que não corresponde a que agora tudo esteja em paz: ele estabelece o problema na legitimidade do Poder Republicano, que se ergueu por meio de um golpe militar.

Então "todo o poder legítimo é emanação da onipotência Divina". Não podemos simplesmente reconhecer qualquer poder apenas porque ele está posto, implantado, como sendo de antemão inconteste. Essa questão tem que ser colocada a cada momento.

É certo, que nesse caso, o Conselheiro conclui pela ilegitimidade do poder vigente, estabelecido pela força de um golpe militar, que está destruindo as leis da Igreja, implantando, entre outras medidas, o casamento civil. Por outro lado, permite a criação de tributos novos, como aquele que incide na economia popular, nas feiras. E agora, inícios de 1897, mostra suas garras mais brutais com o avanço das forças repressivas fazendo aquela "guerra fatal", como dirá muito mais tarde a letra de um enredo de escola de samba do Rio de Janeiro.

Este sermão é possivelmente um dos últimos que o Conselheiro terá pronunciado e escrito, a se julgar pela sequência dos textos do manuscrito que Ataliba Nogueira editou. Ele antecede apenas a antológica e tocante despedida, de estilo franciscano, registrada nas últimas páginas do manuscrito. É uma palavra destinada a manter firme a coragem patenteada na resistência que o Belo Monte faz à repressão que se desfecha contra ele. Todavia, a esta altura convém mais uma vez pensar nos princípios que sustentam a aliança entre o Conselheiro e sua gente. Eles eram sólidos, e explicam porque tanta gente apostou no arraial e no que ele significava, até o fim. Mas eram também complexos, e seus fundamentos não se explicam pela superfície. Aponto aqui mais alguns elementos para reflexão.

A solidez dos vínculos entre o Conselheiro e sua gente não advinha de que todos vissem as coisas do mesmo modo, com as mesmas referências de fundo. Pelo contrário: do material disponível (basicamente os cadernos escritos deixados pelo Conselheiro, os diversos testemunhos referentes a suas ações, bem como os diversos registros de vozes, palavras e movimentos das pessoas em geral envolvidas com o Belo Monte) se nota que existiam diferenças significativas: entre os modos de ver e experimentar a vida no arraial por parte do Conselheiro, de um lado, e da população em geral que o acompanhava, de outro. E se levarmos em conta aqueles modos que têm a ver com a individualidade de cada sujeito, então o universo se ampliaria enormemente. Aqui não vou tão longe, mas me fixo na significativa diversidade de perspectivas a animar líder e liderados em Belo Monte. Diga-se de passagem: diversidade totalmente ignorada por Euclides que, na sua ânsia por uniformizar o sinistro e o patológico no arraial, não tratou de distinguir entre sujeito condutor e massa conduzida, ambos permeados pela insânia.

Conduzirei a questão em dois pontos. O fulcro da articulação entre as visões do Conselheiro e da gente que o seguia converge, primeiramente, na preocupação com a vida presente, entendida não como negação ou, para usar uma expressão consagrada, como um "vale de lágrimas", mas como espaço privilegiado de vida que prepara aquela que vem após a morte. Isto pode ser ilustrado pela verificação das formas e implicações que o enredo bíblico do êxodo, do povo hebreu assumiu ao ser recriado na experiência cotidiana naquele recanto do sertão. Recorde que o Belo Monte materializava para seus habitantes a terra da promissão; o rio de leite e os barracos de milho são explicitamente políticos e utópicos. Mas se formos à leitura dos "apontamentos" do Conselheiro, ou seja, a seu caderno manuscrito datado de 1895, vamos encontrar um resultado bem menos espetacular e até mesmo um tanto sisudo: a narrativa que vai desde o chamamento de Moisés até a posse da terra prometida e a liderança dos juízes aparece fundamentalmente como relato que antecipa inúmeros conteúdos da doutrina cristã que todos são convidados a compreender e assimilar: batismo, eucaristia, os mandamentos, etc. O resultado prático desta confluência pode ser aquilatado naquele momento mais denso do depoimento de Honório Vilanova, o afilhado do Conselheiro:

> *Recordações, moço? Grande era o Canudos do meu tempo. Quem tinha roça tratava de roça, na beira do rio. Quem tinha gado tratava do gado. Quem tinha mulher e filhos tratava da mulher e dos filhos. Quem gostava de reza ia rezar. De tudo se tratava porque a nenhum pertencia e era de todos, pequenos e grandes, na regra ensinada pelo Peregrino.*

A síntese de Honório reconhece na palavra do Peregrino a fonte e o sustento da experiência belomontense. Doutro lado, é recorrente, nos testemunhos de inimigos do arraial, a afirmação de que a ação e a palavra do Conselheiro instituem uma nova legalidade; diziam aqueles acostumados a mandar sem sofrerem contestação: "a política dele é toda diferente". É que ela sugere referências éticas e horizontes escatológicos diferenciados. A recepção criativa das palavras do Conselheiro, aliada à certeza de se estar refazendo a saga dos hebreus libertados, propiciou à gente do Belo Monte ensaiar uma recriação da forma de vida da primeira comunidade cristã, de Jerusalém, de acordo com o livro neotestamentário dos Atos dos Apóstolos.

Ao mesmo tempo, as prédicas do novo Moisés terão sido capazes de neutralizar o teor legalista, repressivo e amedrontador das pregações do clero e com isto "abrir as portas do céu", como já foi mencionado. O Deus anunciado pelo Conselheiro convoca, anima, acompanha e dá coragem para tomar a vida nas mãos e sejam feitos os caminhos adequados, para além dos que determinam os mandões de sempre: barões, padres, policiais. A fragilidade é própria ao humano, e não pretexto para ameaças ou objeto a simplesmente ser castigado. Assim, ao se romper a dicotomia entre expectativas escatológicas e compromissos no campo histórico, tão própria de uma mentalidade religiosa secularmente enraizada, a comunidade pode viabilizar um novo modo de vida no cotidiano que prefigura a vida futura. As palavras do Conselheiro, feitas conselhos, viabilizam a comunidade, orientam decisões particulares, vislumbram horizontes inusitados, e ensinam o caminho da salvação.

Com isto o Belo Monte recupera um traço característico da religião popular brasileira, com a marca dominante do catolicismo: a atenção à vida terrena, com ênfase acentuada naquelas práticas que são as mais imediatas, em que se somam às palavras do Conselheiro, práticas que um olhar preconceituoso tenderia a caracterizar pejorativamente como "mágicas" ou "supersticiosas". E sem que com isso se perdesse de vista no horizonte a salvação no além-morte.

Outro ponto fundamental de convergência entre os olhares do Conselheiro e os de sua gente, importante para o entendimento da resistência que o Belo Monte representou, diz respeito ao posicionamento contra a República. Por estranho que possa parecer, havia uma espécie de "nostalgia imperial" – a expressão é de Ricardo Salles – que de alguma forma delineava os contornos do arraial e encontrava acolhida em amplos setores da população, em várias regiões do país. E isto em associação a uma forte desconfiança em relação ao novo regime. E em seus anos iniciais, nada no novo regime foi percebido que fosse motivo para aplausos. Já foi observado que se tivesse sido tentada qualquer revolução como a francesa de cem anos antes, com povo nas ruas destronando reis e abrindo cárceres para libertar prisioneiros políticos, nada teria sido conseguido. Bem sabiam aqueles que se apresentavam como agentes da "modernização" do país: simpatias saudosistas do antigo regime estavam significativamente disseminadas naqueles tempos pós-abolição. Portanto, movimentações que envolvessem participação popular seriam mesmo contraproducentes: o povo brasileiro, em sua configuração basicamente mestiça, com a forte marca da matriz africana, era simplesmente o grande obstáculo a tal progresso.

No caso específico do Belo Monte, já foram vistas as razões de sua oposição ao novo regime: elas são ao mesmo tempo religiosas e político-econômicas. E a caracterização da República adquiriu contornos fundamentalmente teológicos. Portanto, mais do que uma militância ostensiva em prol do regime que havia sido derrubado (algo que apareceu apenas nos delírios persecutórios dos novos donos do poder, chegando até o Euclides de 1897, junto com tantos outros receptores e difusores desta e tantas outras *Fake News*), Belo Monte, ao recusar os novos impostos e repelir os padres mancomunados com o novo regime, materializou uma oposição à República que tinha na tradição religiosa seu fundamento básico e nos acontecimentos presentes sua razão de ser. E para essa posição convergiam tanto Antonio Conselheiro como sua gente.

Concluindo: para o erguimento do Belo Monte concorreram uma visão que enfatizava o mundo, e não a fuga dele, como o espaço e o meio de vivência da religião, e outra que via no novo regime implantado no país uma ameaça aos anseios imediatos e à própria salvação escatológica. Convergentes, elas sustentaram a resistência até o fim, na teimosia insistente de que "outro Brasil era possível" e mesmo necessário, inclusive para fundamentar, os anseios que aquela população carregava em vistas ao além.

Até aqui a recapitulação do percurso está feita. Mas este não chegou a seu término. Afinal de contas, a história do Belo Monte não se encerrou com a publicação d'*Os sertões*: continua a repercutir de maneira significativa e mesmo surpreendente na cena atual de nosso país, e é hora de passar à análise desses impactos. E não é por acaso que pivô decisivo destas marcas atuais da saga conselheirista atenda pelo nome de Luiz Inácio Lula da Silva.

Vista geral do Belo Monte, já tomado em grande parte pelo fogo.

VIII

"A história não é aquela..."

As sequelas da narrativa sobre Antonio Conselheiro propagadas pelo discurso dominante, a partir da referência d'*Os sertões*, produziram marcada resistência às ressignificações devidas para um ajuste de contas com a memória da história do Brasil. No entanto, a pregnância desta versão é tal que, mesmo no âmbito do trabalho acadêmico e demais circuitos intelectuais, perdura um sensível temor quanto ao reconhecimento dos prejuízos causados por Euclides à imagem do Conselheiro, arrancado de sua posição de líder popular e posto em ridículo e execrado na condição de um "anacoreta sombrio", de "face escaveirada; olhar fulgurante; monstruoso".

Mesmo para aqueles que levaram adiante a militância da recuperação da imagem de Antonio Conselheiro e da invenção que foi o Belo Monte, as sensibilidades suscitadas pelo texto euclidiano sempre foram um entrave no tratamento das questões que se delinearam passo a passo com a maturação das pesquisas. Há sempre uma defesa incontestável, um melindre para o enfrentamento do problema diante da reputação do baluarte da literatura brasileira. Foi só muito recentemente que se pôde escutar em alto e bom som que "as mentiras que Euclides da Cunha contou sobre os sertões, sobre Canudos" precisavam ser reveladas, que "a história não é aquela". A voz que pôde estabelecer resolutamente essa posição para milhares de ouvidos no Brasil e no mundo ecoou com força partindo do ânimo destemido de Luiz Inácio Lula da Silva.

Lula, que no cárcere assistiu às aulas ministradas no canal Paz e Bem, na verdade tinha uma relação precedente com o tema Belo Monte / Antonio Conselheiro. Percebia, de forma cristalina, que ele é emblemático quando se trata de pensar o Brasil *com* seu povo, ou seja, o Brasil do seu povo. Daí ter sublinhado que a releitura do Belo Monte veiculada neste curso – a do Belo Monte de sua gente, aquela que o fez nascer, crescer e viver, morrendo com ele na luta – suscita o alargamento de horizontes. O que se depreende do Belo Monte se desdobra para alcançar outras gerações, outros tempos, outras latitudes, outras longitudes, em que o povo tratou de inventar seu cotidiano em tessituras alternativas à lógica dominante, o que, não poucas vezes, lamentavelmente, acarretou brutalidades e violências sem tamanho, produzidas pelos setores dominantes, como acontece desde os tempos da colônia e se repete hoje, num *continuum* que mistura tragédia e farsa.

Lula percebeu que o Belo Monte foi tecido de outras histórias que aquela concebida por Euclides; comporta vozes, referências e testemunhos que remetem a tantas lidas do povo brasileiro, situações de densidade histórica e, a um só tempo, inspiradoras, para melhor interpretar e compreender o momento que estamos vivendo. Algumas de tais lidas têm o próprio Lula como personagem e protagonista. É disso que tratarei: de como na trajetória do sertanejo de Caetés, interior de Pernambuco, que chegou à presidência num caso inédito – alguém não nascido "em berço esplêndido" –, se espelham lances decisivos da saga conselheirista. É preciso refletir também sobre o avesso: o caminho reflexivo pelo qual Lula entende como a trajetória do Belo Monte é reveladora do Brasil mais profundo, da autenticidade e dos anseios mais densos de sua gente. A esta reflexão que articula estes três vértices – Brasil, Belo Monte, Lula – estão reservados os dois capítulos finais deste livro.

A aura de Lula vem de sua leitura aguçada e enérgica da história brasileira naquilo que é próprio a seu "espírito". Ele retrata, com a fluidez que lhe é peculiar, aquilo que permeia importantes e densas obras de um Jessé Souza, quando denuncia a mentalidade escravocrata de boa parte da elite do país. A lógica que perpassa nossa estrutura social em sua matriz: ainda que em seu governo os ricos tivessem ganhado como nunca – o que ele mesmo não tinha nenhum problema em reconhecer –, pesou mais que os pobres também ganhassem, em dignidade e possibilidades; o que, afinal, é inadmissível para aqueles que reivindicam o monopólio de todos os privilégios.

Lula entende a complexidade de nosso percurso histórico, tanto em seus meandros quanto nos eixos basilares que o sustentam. E, neste sentido, o processo que envolve o Belo Monte de Antonio Conselheiro, é para ele um protótipo fundamental. Senão vejamos.

* * *

Foi num momento decisivo do vergonhoso e farsesco processo judicial que o levaria à prisão e ao alijamento do processo político de 2018 que Lula fez a seguinte consideração, referida ao desembargador Carlos Eduardo Thompson Flores Lenz, então presidente do TRF-4 (Tribunal Regional Federal da 4ª região) de Porto Alegre, de arranjos internos suspeitíssimos:

> *Esse cidadão, ele é bisneto do general Flores, que invadiu Canudos e matou Antonio Conselheiro. É da mesma linhagem. Então, quem sabe ele esteja me vendo como um cidadão de Canudos e queira acabar com a minha viagem.*

Não custa recordar que o referido desembargador foi aquele que, assim que saiu a condenação de Lula exarada pelo então juiz Sérgio Moro, apressou-se em qualificar a sentença do "imparcial de Curitiba" – que o digam os dados que emergiram das revelações do *The Intercept!* – como "bem preparada", "tecnicamente irrepreensível", resultado de "exame minucioso e irretocável da prova dos autos". Juízos estes, ele confessa, emitidos sem que tivesse feito a leitura dos autos...

Esta dramática referência a Canudos/Belo Monte de Antonio Conselheiro, Lula a fez quando a sentença de sua condenação estava na iminência de ser levada a avaliação junto à segunda instância, a saber, o referido TRF-4. Aliás, da lógica que preside a ação desta figura deletéria da nossa dinâmica política contemporânea tratarei mais de perto no capítulo seguinte. A mídia corporativa tratou, em coro, de enxovalhar Lula por conta da sua declaração improvisada, denunciando os erros fatuais nela encontrados, já que o Flores de hoje é na verdade sobrinho trineto do coronel Tomás Thompson Flores, que morreu em combate contra o Belo Monte três meses antes que o Conselheiro também viesse a óbito, por força e obra da repressão oficial. Mas não é a estas filigranas que Lula está se referindo. Ele pensa num processo, no tal "espírito" da história que teima em se repetir quase a cada dia. É a isto que me atenho agora; voltarei a comentar esta declaração de Lula mais adiante, ainda uma vez. São três as considerações que pretendo desenvolver.

Vamos à primeira, que exponho com o recurso a dois autores, entre outros que poderiam ser aqui evocados, pelas suas categóricas formulações sobre esta dinâmica que atravessa a história brasileira, e que teve no massacre perpetrado à gente do Conselheiro uma das suas mais eloquentes e pavorosas expressões; primeiramente, o já mencionado Ariano Suassuna, ao refletir sobre

> *o que aconteceu em Canudos. Lá, o Brasil real ergueu a cabeça e, nós, do Brasil oficial, fomos lá e cortamos essa cabeça.*
> *[...]*
> *Eu vivo dizendo, quem não entender Canudos, não entende o Brasil. Porque ali pela primeira vez o Brasil real tentou se organizar, não da maneira que diziam a ele como ele era. Tentou se organizar de maneira política, econômica, social... aí o país oficial foi lá e cortou a cabeça na pessoa de Antonio Conselheiro. Ele já tinha morrido de um estilhaço de granada... Eram cinco mil homens contra quatro, no fim. Um velho, um adulto e duas crianças, que tinham escapado. Diante de quem, como dizia Euclides da Cunha, rugiam as baionetas de cinco mil soldados...*
> *Foi um exemplo único na história, não sobrou ninguém. Fizeram isso. Nós fizemos isso. Então, nós, que comemos duas vezes por dia, que temos salário no fim do mês, nós que temos direito a uma vida digna, temos obrigação moral de olhar para esse povo...*

Ou seja, para Ariano, a guerra contra o Belo Monte é uma das tantas expressões de como o *Brasil oficial*, caricato e burlesco, avança sem dó nem piedade sobre o *Brasil real*, o de sua gente generosa e esperançosa, apesar dos tantos revezes. Ela projeta para a sociedade como um todo, a começar dos setores que a pretendem conduzir, a "obrigação moral" e política que encontraria formas de ser minimizada – e nisso Ariano provavelmente não haveria de concordar – com a obra de Euclides e as leituras do Brasil real que ela inspirou. Uma obrigação da qual o atual mandatário da República, por exemplo, não teria nenhuma vergonha em se desvencilhar, a se julgar pelo que ele disse em relação à ausência de dívida histórica para com a descendência de pessoas escravizadas neste país por mais de três séculos, quase quatro...

Seja como for, assevera o autor d'*A pedra do reino*, a guerra que se fez contra o Belo Monte soa como uma denúncia, ao desmascarar o modo convencional pelo qual o "país oficial" elimina a "cabeça" – a saber, o rol de lideranças populares emergidas ao longo de nossa história – na "pessoa de Antonio Conselheiro".

A segunda referência, encontro-a em Antonio Houaiss. Ao se referir a Euclides e a *Os sertões*, nosso mais notável dicionarista comentou, em frase antológica, que quem o lê "desde o primeiro momento vê que há dois Brasis: um inclemente, e outro vítima das inclemências".

Houaiss desnuda novamente o que tem sido a trajetória de um país cindido em dois, de um povo pensado por suas elites para se situar numa condição de subalternidade permanente. É bom não esquecer que o Brasil foi "inventado" por "seu Cabral" – já dizia o sambista! – e ingressou na história mundial como despensa, para adoçar a boca dos europeus, ávida de açúcar! E para tanto se fez o absolutamente impensável: importaram-se, ou mais precisamente, traficaram-se, sequestraram-se, num sem número de viagens transatlânticas, milhões de pessoas que, trazidas da África, eram feitas escravas para que produzissem o tão ansiado açúcar, e depois extraíssem o ambicionado ouro, e depois fizessem brotar o saboroso café... Assim, desta forma foi viabilizado o Brasil, em torno destas atividades e muita predação e rapina, num lugar assujeitado, como se mantém até hoje. E, aos olhos dos que perfazem a "elite do atraso" de que fala Jessé Souza, não pode ser diferente, como se fora uma sina: basta pensar em todo esse processo, desencadeado ferozmente nos últimos quatro anos, de destruição dos poucos direitos conquistados a duríssimas penas pela população brasileira, agora solapados sem dó nem piedade: "PEC da morte" congelando investimentos sociais, reforma trabalhista, "deforma" da previdência para surrupiar as aposentadorias e ampliar a massa de gente desassistida, destruição das formas democráticas de acesso às instituições públicas de ensino superior, e tantas outras medidas, impostas implacavelmente para ensejar o desmanche do mínimo de socialização de recursos destinados a alcançar os setores mais carentes da população. Desde 1500 o Brasil foi desenhado para ocupar essa posição subalterna na escala geopolítica global. E para que assim se mantenha é preciso que a população seja pisoteada, sufocada. Para que perca a altivez com que pôde respirar, sonhar e refazer sonhos, é que foi recolocada na condição de serviçal, na mais radical precariedade, em nome do futuro do Brasil.

Sim, dois países no interior de um único. Lula, ao acentuar o vínculo familiar entre o carrasco de ontem e o togado de hoje, não está ocupado com a exatidão do grau de parentesco. Longe disso, ele acentua o pertencimento de seu algoz a uma linhagem, de um destes dois países, aquele que costuma "acabar com a viagem" de todos quantos lhe incomodem os passos e lhe resistam às truculências.

* * *

Mas não é só. Então passo a meu segundo ponto de reflexão. Na referência de Lula ao Belo Monte fazendo ampliar o horizonte para abranger a história do povo brasileiro, o vilarejo conselheirista assume outra faceta, além de denunciar os "dois Brasis" acima comentados. Ao falar dele como expressão destacada das lutas populares, Lula tem em mente outro traço presente no fragmento já recolhido de Ariano. Ali, à beira do rio Vaza-barris, "o Brasil real tentou se organizar, não da maneira que diziam a ele como ele era. Tentou se organizar de maneira política, econômica, social..." E nisso não inovava: em meio a um sem-número de movimentos, eventos e processos, Belo Monte espelha o senso de organização e inventividade, que altivamente proclama a insubmissão, por parte da gente brasileira, da condição de subalternidade que de todos os modos querem impor-lhe... Ali com o Conselheiro, mais que tentar, a gente do arraial viabilizou um modo diferente de as coisas do cotidiano acontecerem, mostrando a possibilidade de um "outro Brasil". E Lula sabe que nos governos que protagonizou a expressão deste outro Brasil possível se patenteou, entre acertos e erros, conquistas e equívocos. E o mais importante: ele sabe muito bem que se o Belo Monte, assim como os muitos quilombos simbolizados em Palmares e tantas outras expressões da invenção popular, foi destroçado pelo "Brasil real", isto não se deu pelos limites e desacertos dos experimentos praticados em cada uma destas oportunidades, mas por conta de seus inúmeros e grandiosos acertos. Assim como sabe os porquês das sabotagens de 2013-2015, do golpe de 2016 e do cárcere de 2018, ano que ainda reservava ao povo o pior dos pesadelos que se poderia esperar, no pleito eleitoral descaradamente manipulado. Isso, obviamente, para quem teve olhos para ver...

Como se constata, Lula entende a história para além dos fatos isolados, das informações de nomes e de cronologias: delineia um eixo, feito de muitas linhas, todas de muito longa duração, que se interpenetram e se influenciam mutuamente. A invenção do Belo Monte por Antonio Conselheiro e sua gente e o que lhes foi imposto como preço pela ousadia do empreendimento são expressões tão chamativas quanto trágicas desta desafiadora realidade que nos constitui enquanto país. E que nos provoca com inusitada urgência neste início de milênio, quando se pôs em marcha um processo de "reinvenção do Brasil", de imensos resultados alcançados como "nunca antes na história deste país", antes que a "elite do atraso" mostrasse uma vez mais as garras, e produzisse o desastre em vertiginosa escala que estamos experimentando dia após dia nos últimos anos.

***

Com isso passo ao terceiro ponto, que de alguma forma retoma reflexões feitas em páginas anteriores a respeito do *opus magnum* de Euclides da Cunha. Mais especificamente, retomo a aguda e exemplar formulação do historiador Eduardo Hoornaert, para quem, por conta de sua intrincada concepção, de implacável coerência, *Os sertões* veio a soar

> *como um exorcismo junto à intelectualidade brasileira. Era preciso sacrificar o Conselheiro no altar da honorabilidade brasileira para que a elite do país pudesse recuperar-se do trauma causado pela memória de uma ação tão covarde do governo do país diante de uma comunidade de pobres sertanejos.*

Esta consideração é genial, tanto para decifrar o que muitos não alcançam reconhecer sobre o "espírito" que anima a pena euclidiana, mas também para que se possa entender o que não tem outro nome com que se o identifique: o *cinismo* daquele "Brasil oficial" que, desde 1500, tem dado as cartas por aqui. Houve certamente uma notável interrupção, até certo ponto, nos treze anos de governo protagonizado por forças progressistas, dos quais temos as melhores lembranças quanto a suas conquistas, sem deixar de reconhecer suas insuficiências. Mas as pessoas que constituem tal Brasil – o oficial, o inclemente – não se arrependem das maracutaias que tramam e tecem, muito menos das perversidades que desfecham sobre o outro Brasil. Assim como em tempos nem um pouco remotos, também no fim do século XIX multidões foram para as ruas, principalmente na capital Rio de Janeiro, para pedir a destruição do Belo Monte, insufladas que tinham sido pelas forças do andar de cima, controladoras das informações incômodas e vazadoras daquelas que tratavam de confeccionar: o Belo Monte, antro de comunismo e sede de conspiração restauradora monarquista. Cabeças deviam rolar, literalmente: Ariano já falava disso, da cabeça do cabeça do Belo Monte que tinha de ser cortada, a mando de militares enfurecidos, de políticos atemorizados, de coronéis desafiados, de clérigos amedrontados e de massas urbanas ensandecidas. Não importam aí contradições, ou escrúpulos: é preciso combater e destruir. Mata-se primeiro; depois se verifica se o contingente morto merecia o ataque. Em caso negativo, busca-se uma forma de alívio: *Os sertões* se prestou a isso.

Mas nem se pense – para ficar numa única ilustração – que a gente camponesa do Contestado poderia, dez anos após a publicação do livro, respirar aliviada ou esperançosa: as forças da repressão avançariam contra ela com truculência ainda maior, em guerra de muito maiores proporções que aquela que vitimou o vilarejo conselheirista. E, no caso deste, para que a elite cínica alcançasse o já mencionado alívio pós-trauma, fabricou-se um Antonio Conselheiro no formato de um bode expiatório. É o que diz Euclides naquele fatídico capítulo 4 da Parte II de *Os sertões*. Este livro se impôs, para além de seus inegáveis méritos literários, porque permitiu ao "Brasil oficial" lançar a culpa final, pelo massacre e pelo "mal-entendido", sobre a vítima escolhida para o sacrifício.

E não faltaram ciência e arte para sustentar tamanha convicção. O Conselheiro pagou por se haver atrevido a respirar altivo e convocar sua gente a fazer o mesmo, erigindo um arraial que viabilizasse um bem-viver aqui e a salvação no além. Ou seja, na suposta cabeça do Conselheiro, imolada no "altar da honorabilidade brasileira", estavam simbolicamente eliminadas todas aquelas de sujeitos que se colocassem na posição de liderança em prol de alternativas por um Brasil popular: que o digam as "Marielles, mahins, malês" do samba-enredo da Mangueira, vencedor em 2019...

O "Brasil inclemente" não voltou um milímetro atrás na sua capacidade de inventar inclemências sobre o outro Brasil, o de baixo. E não perde noites de sono verificando os malfeitos daí derivados: concebe outras. E arranja outros bodes expiatórios.

Será que Lula, ao fazer referência a quem queria acabar com sua "viagem", estaria antevendo as pedras, ovos e relhos e tiros que lhe seriam desferidos, contra ele e contra quem o acompanhava, nas caravanas, ou seja, nas viagens que faria pelo sul do país naqueles dias que seriam os últimos antes de seu vergonhoso aprisionamento? Seja como for, o homem que até há poucos meses era um encarcerado político nas masmorras de uma gélida capital no sul do país evidencia-se como o mais recente destes bodes: o mais recente ou o mais vistoso deles? Seja como for, sua masmorra, feita altar, se estendeu por longo ano e meio, entre assombros internos e externos, de um lado, e, de outro, gargalhadas de hiena das representações atuais da já referida linhagem inclemente, em meio aos mais estapafúrdios atos jurídicos em claros linchamentos do sistema de justiça.

É tentador avançar nesse caminho de aproximar e colocar em paralelo estas duas figuras da história do povo brasileiro, para além do lugar sacrificial em que foram postas. Os nexos que daí decorrem também são reveladores; afinal, trata-se de personagens oriundos do mesmo chão que é o sertão nordestino, a um só tempo ímpares e expressivos dos modos peculiares assumidos pelas invenções que vêm de baixo, da base. E eles aparecem sem que seja necessário "forçar a barra": a emergência de um e outro como lideranças que ecoam demandas e reivindicações populares, sejam aquelas da gente mal-aventurada do sertão ou as do operariado urbano dos anos 1970, é o começo e a base de tudo, inclusive dos paralelos que ensejam. Quanto ao ódio contra eles destilado pelas elites de ontem e de hoje, só as formas de sua manifestação é que se atualizaram. Faz sentido associar as tentativas de silenciar a voz do Conselheiro com aquelas que trataram de impedir que o encarcerado de Curitiba se comunicasse com o Brasil e o mundo? E o que dizer da verdadeira caça midiática a que ambos foram sujeitos, com direito a *Fake News* de toda ordem? Se de Lula disseram o que sabemos que foi dito, com Antonio Conselheiro não foi diferente: ele inclusive chegou a ser preso na Bahia, quando contava com seus quarenta e cinco anos, acusado de ter assassinado a mãe, ela que morrera quando o filho mal havia completado cinco anos de idade... Nesse contexto vale recordar a reflexão do já citado Dawid Danilo Bartelt, dando conta de que, antes de ser dizimado pelo fogo e o ferro das armas, Belo Monte sofreu o cerco do discurso, basicamente veiculado pela mídia fundamental da época: os jornais. É preciso ocupar linhas aqui para falar do "cerco discursivo" que os diferentes instrumentos da mídia convencional, atrelada ao poder econômico e político, dentro e fora do país, produziram em torno do líder operário que chegou à presidência, passou pelo cárcere e continua a assombrar com sua voz a um só tempo rouca, possante e sábia?

Colocado explicitamente nesta condição de objeto sacrificial, para cuja eliminação todos os lances e maracutaias se justificam, Lula acaba por ter reforçada a posição de alguém que, no que de mais profundo representa, denuncia tanto a lógica fabricadora de vítimas, que delas necessita incessantemente, quanto a perversidade que a tem eternizado, aquela que proclama a inviabilidade até mesmo de se pensar que outro mundo seja possível. Efetivamente "nunca antes na história deste país" houve o intento – e o experimento – em escala nacional de se reconfigurarem, a partir do exercício do poder mais alto e de maior amplitude, as relações entre o *Brasil oficial* e o *Brasil real*; de denunciar o "espírito" que vem sustentando essas relações faz meio milênio; de apontar – e tratar de efetivar – novos modos de sociabilidade, mais generosos e solidários; de anunciar que outra lógica, que não a do bode expiatório, é possível. Por isso – e não pelos malfeitos, que certamente existiram como existem em toda aventura humana – a masmorra, e em seu interior, até há pouco, ele. Agora solto, mas não livre. Ele, Lula, o "cidadão de Canudos". Do Canudos, do Belo Monte que é o Brasil.

Conselheirista preso em meio a agentes a serviço da repressão.

IX

No meio do caminho havia uma toga...

Como Lula tem deixado cada vez mais claro, é preciso um olhar qualificado e meticuloso sobre a História, que permita descobrir e conectar os elos, as tramas, os circuitos da lógica reiteradamente aplicada que autoriza o *Brasil oficial* a avançar e sufocar o *Brasil real*, para ecoar uma vez mais a expressão de Ariano Suassuna. Lula inscreve a História numa perspectiva que atribui ao povo a condição de sujeito, o povo do Brasil real. As pessoas são protagonistas da História, criadoras de alternativas, de novas possibilidades que, não poucas vezes, são brutalmente sufocadas pelas instâncias do poder econômico e político, contando com a cumplicidade, tácita ou declarada, daquelas instâncias que representam responsabilidade pela administração e manutenção da justiça.

E no caminho reflexivo que o levou à aproximação com a saga de Antonio Conselheiro e sua gente, a iminência do já mencionado julgamento de sua sentença no TRF-4 de Porto Alegre lhe inspirou a formulação mais certeira. Como se viu no capítulo anterior, o vínculo que ele propôs entre o militar de ontem e o desembargador de hoje, ambos Thompson Flores, evidencia a existência, no passado e no presente, de uma mesma linhagem e um mesmo modo de manejar o poder em prol de interesses muitas vezes inconfessáveis e na contramão das legítimas aspirações e direitos populares. Esta intuição pode e merece ser explorada num dos pontos específicos que ela ressalta: as amarras do poder judiciário, ontem e hoje, a pressões de setores que não admitem ser contraditados em suas exigências. Tanto a trajetória de Antonio Maciel como a de Lula evidenciam e denunciam a parcialidade que não poucas vezes compromete os julgamentos e perverte a justiça, a serviço de forças poderosíssimas. E quando estão em jogo lideranças populares, aquela inclemência da qual falava Houaiss se manifesta com todos os traços de cinismo e sordidez. As perseguições judiciais assumem então contornos inimagináveis, muitas vezes risíveis, não fossem elas expressões contundentes de covardia e de desfaçatez.

Está posto para todo o Brasil que houve e continua a haver um juiz-político que não teme ousar transgressões e mais transgressões de normas fundamentais e primárias do Direito para alcançar os seus propósitos. O mecanismo sintomático converte-se necessariamente em destituir e achincalhar a figura, o legado e a memória do presidente que, efetivamente, alcançou o maior reconhecimento por parte da população. Toda a torrente de ilegalidades das quais foi protagonista, tramando e articulando em associação com próceres de segmentos vários do *Brasil oficial*, desde sempre desnudada a quem tivesse minimamente disposição e olhos para ver, é definitivamente escancarada com as divulgações da chamada Vaza-jato, que tem evidenciado a prática do *lawfare*, isto é, a utilização do sistema judiciário para propósitos políticos específicos. Neste caso, a guerra jurídica para destruir o adversário, desmoralizando-o e colocando-o fora do jogo político por meio de uma sentença inconsistente, execrável e patética que o levaria à cadeia e conduziria o autor da sentença a usufruir pessoalmente do resultado, galgando espaços nas esferas do poder central, com o que pode atrever-se a voos ainda mais pretensiosos.

Foram muitos os episódios que a Vaza-jato trouxe à tona, sobre os quais já havia motivos de sobra para suspeitas e mesmo arraigadas convicções; mas faltavam as provas. Afinal de contas, só em Justiça enviesada se condena alguém, à falta destas, com base naquelas, como vimos assombrados um auxiliar do juiz (aliás, alguém que cumpre a função designada de procurador da República) proclamar em alto e bom som, em *powerpoint*, mescla de cinismo e arrogância, um conteúdo que se por um lado entusiasmou incautos e oportunistas, por outro produziria gargalhadas de espetáculo circense, não fora a convicção de que ali se estava diante de um efetivo atentado à Lei e ao Direito.

De toda forma, a avalanche de revelações trazidas a amplo conhecimento pelo "*The Intercept*" produziu, entre outros impactos, a convocação, para audiência na Câmara dos Deputados, do então chefe da Lava-Jato. Digo chefe, claro, porque já era óbvio a quem quisesse examinar a questão que a Lava-Jato nunca foi uma operação conduzida pelo Ministério Público, como prevê a lei, mas comandada pelo próprio juiz encarregado da avaliação das denúncias e emissão das sentenças. A esta altura ele já fora convertido em ministro da Justiça (!) de um governo que só chegou ao poder na medida em que foi eleito num pleito em que o principal candidato tinha sido alijado do jogo justamente pela ação ilegal do juiz agora ministro. Bem, ele saiu da audiência, ocorrida em 02/07/2019, de maneira vexatória, suspendendo os trabalhos, sendo chamado de "juiz ladrão" por um dos deputados e sendo duramente questionado por muitos outros congressistas sobre o conluio com procuradores, a relação com outras instâncias do Judiciário e outras esferas do poder. Com as revelações do "*The Intercept*" houve um desmoronamento da pretensa imparcialidade, que já era evidente por si própria. E o agora ministro, sonhando com uma vaga na suprema corte, ao mesmo tempo em que rosna aspirações presidenciais – sendo impossível aquilatar o que seria pior –, vai galgando novos degraus, como o de ser protetor de "certos" milicianos (ao não os incluir na lista de criminosos mais procurados) e servir de escudo para maracutaias alarmantes advindas da *entourage* e do núcleo duro de um governo muito estreitamente associado a eles. Claro, ele não se dispõe a "melindrar" potenciais aliados...

Ninguém minimamente atento a detalhes da vida política brasileira ignora o papel fulcral de Lula, que faz atiçarem-se todos os ânimos do *Brasil oficial* que, mesmo ao arrepio da lei, move suas forças contra o *Brasil real*. Nesta guerra os lances acima descritos, entre tantos outros, mostram o lugar e o papel que parcelas expressivas do Judiciário têm teimado em ocupar e cumprir. Cabe, portanto, refletir sobre eles, nas várias formas do estabelecimento formal do exercício da Justiça na história brasileira. E aí entra o tema do Conselheiro, como tratarei de mostrar mais adiante. Por ora quero remeter àquele domingo 08/07/2019, quando o desembargador Rogério Favreto, que respondia pelo plantão do já citado TRF-4, estando, portanto, no pleno exercício de suas competências, deu ordem de soltura imediata de Lula. O "imparcial de Curitiba", no usufruto de férias, estando, portanto, fora de ação naquelas circunstâncias, tratou de se articular com outro procurador do tribunal do referido tribunal, João Pedro Gebran Neto, que por sua vez, também fora da sua competência, recorreu ao já citado Thompson Flores, de quem buscou o respaldo, para impedir que a determinação de Favreto fosse cumprida. É montado um conluio em articulação com a Polícia Federal, com a Procuradora Geral da República, Raquel Dodge, e com o ministro da Defesa, Raul Jungmann. Todos parciais e de uma agilidade inescrupulosa, surpreendente quando se sabe o quanto a Justiça é morosa para conferir e refazer direitos e garantias.

E, para espanto generalizado – mas não total – foi preciso constatar: um juiz de primeira instância, em férias, armou todo este circuito, para que fosse desobedecida a determinação de um magistrado de instância superior, ao final desautorizado, de modo a colocar em xeque a instituição inteira. Um trabalho "pelas bordas" e pelos subterrâneos, pervertendo a lógica do estado de direito. Nesse contexto, mas já em 2019, nos deparamos com o Papa pedindo que os fiéis rezem para que os juízes atuem com integridade na administração da Justiça. Basta dirigir um leve olhar ao que está acontecendo no Brasil para se perceber que essa mensagem papal tinha endereço certo. E agora que estas linhas são escritas, registram as mídias alternativas, apenas elas, já que as tradicionais estão comprometidas até a medula com o poder estabelecido e com as *Fake News* de que tanto ele necessita, que Lula não só foi recebido, em pessoa, por Francisco, como este manifestou seu contentamento em o ver "caminhando pela rua"...

* * *

Curiosamente, na trajetória do Conselheiro também houve um juiz que encarnou a secular dominação exercida sobre o povo e suas lideranças com o suporte do Judiciário. Arlindo Leoni, juiz de direito e de comércio, perseguiu tenazmente Antonio Maciel por um tanto de tempo. Sim, o "imparcial de Juazeiro" era visto como um desafeto do Conselheiro. Mas a recíproca era muitíssimo mais verdadeira, com o agravante de que o magistrado não temia nem tremia, muito menos tinha as faces ruborizadas ao fazer uso de sua função para prejudicar seu inimigo. Isto não era segredo para ninguém, a não ser para os crédulos que certamente devotavam reverência cega a figuras togadas, tomando-as sem mais como paladinos da Justiça. Vamos ao fato principal, que remeterá a outros, e ao final se poderá verificar como a verdadeira caçada que se fez a Antonio Conselheiro haveria de ser o estopim para o início da guerra contra o Belo Monte. Refiro-me outra vez ao episódio das madeiras compradas, pagas antecipadamente e não entregues, madeiras estas que deveriam servir para a construção da igreja do Bom Jesus, que avançava acelerada no arraial conselheirista.

Deslocado para a comarca de Juazeiro, o Moro do Conselheiro assumia o seu posto naquela cidade à beira do S. Francisco com propósitos bem pouco confessáveis. Pelo menos é o que se dizia à época: ele havia sido colocado lá para provocar a gente do Conselheiro no Belo Monte e com isto alarmar os habitantes das aldeias e vilas da vizinhança. O intuito era dos mais improváveis: dificultar a participação popular nas eleições que deveriam acontecer em fins de 1896. Como a região era de controle absoluto de um inimigo político, o já mencionado barão de Jeremoabo, o governador tratava de colocar em postos-chaves pessoas de sua inteira confiança, que pudessem inclusive interferir no resultado eleitoral, ao ponto de, se necessário, fraudar as atas eleitorais. Bem, era o que se dizia... e Leoni se prestava a isso. E a esta nomeação e posterior atuação do juiz se devem os lances que servirão de pretexto e precipitarão o início dos combates da guerra contra o Belo Monte, em novembro deste 1896.

Mas há que se recuar quase quatro anos no tempo e encontrar o juiz em outra vila, Bom Conselho (atual Cícero Dantas). Terá sido ali que os caminhos do Conselheiro se cruzaram com os de Leoni pela primeira vez, no ambiente dos protestos contra os novos impostos municipais autorizados pela constituição republicana de 1891. Já tratei do problema geral; volto neste momento a alguns detalhes dos fatos, já que as versões são muitas e, por vezes, desencontradas.

O que se conta é que nesta vila ocorreu um dos mais estrondosos protestos anti-impostos de toda a região, aos quais já se fez referência: com apoio do líder Conselheiro, foram arrancados os editais de cobrança dos tributos, e com eles se fez, em plena praça pública, vistosa fogueira. Rugiam foguetes, informa Euclides: o próprio Antonio Maciel "levantou a voz sobre o auto-de-fé, que a fraqueza das autoridades não impedira, e pregou abertamente a insurreição contra as leis". Sentindo-se ameaçado pela movimentação popular revoltosa, o juiz tratou de se refugiar fora da vila, como também as demais autoridades fizeram. Mas a disposição de se vingar lhe passa a instigar os ânimos. Deve ter brotado daí a versão que passou a percorrer a região, a qual haveria de justificar as medidas que o juiz haveria de tomar, a saber: a de que o Conselheiro teria dado abrigo, ou impedira a prisão, a um homem que teria agredido a amante do magistrado. O cheiro de *Fake News* se faz notar...

A título de informação, há quem diga que esta rusga – bem notado, rusga – de Bom Conselho não teria ocorrido em 1893, na esteira dos protestos anti-impostos que sacudiam a região e desembocariam na ação repressiva da polícia estadual em Massété. Ela teria acontecido anos depois, após as tensões envolvendo a missão conduzida por frei João Evangelista: Antonio Conselheiro teria ido à vila, próxima do Belo Monte, pedir auxílio para a construção da igreja do Bom Jesus. E o juiz teria ficado alarmado com a chegada do séquito, buscando refúgio em propriedade situada nas imediações.

Seja como for, volto a 1896, ano em que o "imparcial" juiz é transferido para Juazeiro. Já eram três anos de florescimento do Belo Monte, milhares de pessoas a habitavam e a teciam, fazendo-a crescer em meio a oposições e temores nada infundados, ampliando possibilidades novas de vida aqui e no além. Uma igreja, a de santo Antonio, estava pronta, a outra já se elevava do chão, vistosa... A negociação em torno das madeiras está em curso, mas bem observa Euclides: "o principal representante da justiça" naquela cidade

tinha velha dívida a saldar com o agitador sertanejo, desde a época em que, sendo juiz de Bom Conselho fora coagido a abandonar precipitadamente a comarca, assaltada pelos adeptos daquele. Aproveitou, por isto, a situação...

Como assim? "Aproveitou a situação"? Isto lá é tarefa ou competência de juiz no exercício de suas funções? As coisas se mostram mais graves quando se buscam elos que não transparecem na superfície da letra de Euclides. É bem verdade que ele reconhece: as madeiras foram compradas junto a um coronel da cidade, e sua entrega não foi efetivada dentro do prazo previamente combinado. O que, para Euclides, era no máximo "incidente desvalioso", e não deixa de soar irônico: o roubo dos pequenos pelos grandes é "desvalioso"... Mas o que não soa explícito em *Os sertões* vai ficando mais claro na crônica de Manoel Benício: o vendedor das madeiras, que inclusive já havia recebido o montante referente à transação, era ligado ao "imparcial" de Juazeiro; nesta posição privilegiada, diz o jornalista, "nem mandava a madeira nem restituía o dinheiro que tinha recebido". Mas há mais: o juiz não apenas fora assistente impassível da quebra do contrato de compra-e-venda: ele mesmo havia instigado o coronel para que assim procedesse!

Há quem dissesse que o quadro era um tanto diferente deste aqui pintado: o referido coronel seria amigo do Conselheiro e não teria por si só pretendido furtar-se ao que fora negociado. Foi a pressão explícita do Moro de Juazeiro que o fez recuar e não proceder à entrega da mercadoria comprada, irritando a gente conselheirista por conta do atraso que este incidente produziria nos trabalhos de edificação da igreja e pelo desgaste de ter sido passada para trás.

Num quadro ou noutro se estampava uma situação de flagrante desrespeito e maracutaia instigada pelo ínclito e vingador magistrado. Mas é bom não esquecer de que ele fora colocado lá justamente para isso: assanhar a gente do Conselheiro. Para tal propósito a arapuca armada não poderia vir em melhor hora ou ser mais adequada, e haveria de cumprir plenamente os objetivos do governador ao viabilizar sua transferência para o posto destacado que ora ocupava: sabia que o Conselheiro e sua gente reagiriam à evidente falcatrua de que estavam sendo vítimas. E nisso tinha total razão: logo chegou à cidade o anúncio de que, se as madeiras não tinham como ser entregues, eles se deslocariam para lá e as recolheriam. O intrépido juiz não perdeu tempo, interpretando a notícia como uma ameaça de invasão por uma horda de bandidos que arrancaria, à força, as madeiras que lhe pertenciam por direito, saquearia as casas de comércio e chegaria mesmo a incendiar a cidade. Mandou telegramas alarmistas ao governador, cuidando de provocar a certeza de um iminente assalto, garantida por "boatos mais ou menos fundados", e solicitando dele o rápido envio de força repressora adequada à situação. Ela enfim é remetida, chega ao Juazeiro, e de lá parte na direção do Belo Monte, para surpreender aquela marcha de conselheiristas que, em princípio, não buscavam outra coisa que a restituição do direito, das madeiras que haviam sido adquiridas e não entregues, por obra e graça de um juiz. Mas haveriam de lutar, se fossem atacados ou feridos ainda mais na sua dignidade. E foram. E reagiram. Era a madrugada do dia 21 de novembro de 1896. Começava a guerra contra o Belo Monte, nas cercanias de Uauá, vilarejo, aliás, este sim, incendiado pelas forças da repressão, promotoras e defensoras da "ordem".

O Moro do Conselheiro julgava ter conseguido seu intento. Entendia ter realizado o serviço do qual tinha sido incumbido. Poderia então aspirar a voos mais altos, para além de ser juiz de longínqua cidade do interior baiano. Mas talvez as coisas lhe tenham saído do controle, ou ele tenha ido "com muita sede ao pote". Isto porque a atuação das forças em Uauá extrapolou aquilo que havia sido previsto, ou seja, a defesa de Juazeiro diante da suposta ameaça conselheirista. E foi ficando claro a alguns setores da imprensa de então que o "imparcial de Juazeiro" havia procedido "por motivos que não são muito harmoniosos com a moral" e havia acabado por arrastar o governo do estado a uma guerra cujas proporções lhe eram desfavoráveis. O intento deste, recorde-se, era bem mais modesto e tinha a ver com as disputas eleitorais regionais.

Mas, agora que "o circo pegou fogo", o desenrolar da guerra se torna incontrolável e as autoridades se veem tanto com a incumbência de organizar a eficiente repressão quanto com a tarefa de se justificar pelos desmandos e arbitrariedades que dia após dia iam sendo de conhecimento geral, o governador Luis Viana interferirá para que novamente o juiz seja transferido, agora para uma comarca do sul acessível apenas por mar, algo de que justamente ele teria medo; era o que se dizia. Medida punitiva que, se de um lado serve para o governador tentar livrar-se da pecha de responsável direto pelo início da guerra contra o Belo Monte, ao alegar ter sido enganado pelo astuto magistrado, reforça ainda mais a percepção da responsabilidade deste por tudo que haveria de acontecer ao Belo Monte e sua gente. Mas principalmente evidencia o assanhamento e a sordidez com que costumam agir os agentes do *Brasil oficial* quando o que está em jogo são os interesses mesquinhos que costumam inspirá-los na manutenção dos privilégios seculares.

O "imparcial", já não mais de Juazeiro, vê-se obrigado pouco depois a abandonar a magistratura, tamanha a sua imparcialidade. Mas não os jogos e as negociações nos salões de poder: passados pouco mais de dez anos de terminada a guerra cujo estopim ele contribuiu poderosamente para acender, de juiz-político que deixou de ser, abrindo então um escritório de advocacia, ele passa a político, tendo sido eleito para várias funções legislativas, amparado em apoios importantes, que inclusive tentariam conceder-lhe o cargo de governador, na contramão dos resultados do pleito eleitoral, algo que só não veio a acontecer por conta da decretação do estado de sítio no estado por ordem do governo federal, que impôs o reconhecimento do vencedor.

* * *

São estas outras histórias que, ao contrário do que suporia o "imparcial", agora o de Curitiba, "vêm ao caso". Principalmente porque compõem com um pouco mais de extensão a crônica que, tendo seu eixo na ação do juiz em questão em sua passagem por Bom Conselho e Juazeiro, se associa em estreito paralelo ao modo como as instâncias do Judiciário têm agido em relação à figura do maior líder popular de nossa história e em relação à dilapidação dos direitos que a duras penas haviam sido conquistados pela população em resistência e luta através de um sem-número de movimentos e organizações. Estas histórias do passado e do presente denunciam um processo arquitetado, voluntário e decidido, de fazer acontecer o que Lula, numa de suas formulações geniais, tem chamado de "luta de classes feita de cima para baixo", ou seja, destruir as invenções populares de um Brasil gentil, digno e decente para seus filhos e filhas. Tudo em nome da manutenção de uma cultura do privilégio, mascarada sob o cínico nome de "meritocracia": cabe, portanto, impedir que as classes populares tenham acesso a espaços de capacitação e qualificação que lhes permitiriam ser reconhecidas nos méritos que têm. Leoni, Thompson Flores, Gebran, Moro: os sobrenomes importam menos que a longa perpetuação do processo pelo qual o Judiciário, na maioria esmagadora de suas manifestações, nas diversas instâncias e âmbitos, atua para o achatamento das demandas populares. E para o acobertamento de arbitrariedades, ilegalidades e sabe-se lá mais o quê. Afinal de contas, para que a memória fique refrescada, há alguns dias foi eliminado, em ação policial suspeitíssima, um fulano investigado por possível envolvimento no assassinato da vereadora Marielle Franco. Sim, aquele miliciano cujo nome o "imparcial de Curitiba" (eu quase escrevi Juazeiro), feito ministro da Justiça (!), se isentou de colocar na lista dos criminosos mais procurados do país. Por que será?

Os quinhentos e poucos anos de história desde que o Brasil foi inventado testemunham que o anverso desta moeda cujo verso estampa o privilégio para os de sempre – qualificados certa feita como "cheirosos" – é a humilhação e a destituição do pouco que têm as grandes maiorias. Talvez em nenhum outro lugar do mundo e em nenhum outro processo histórico se evidencie com tamanha contundência a verdade da denúncia evangélica: "a quem tem muito é dado; a quem não tem, até o que tem lhe é tirado". Para que se perenizasse o teor deste dito um juiz-político agiu eficazmente nos sertões da Bahia e atravessou o caminho do Conselheiro e sua gente do Belo Monte, acabando-lhes com a viagem. Mas um improvável e teimoso menino nascido em Caetés, que naquele tempo pertencia a Garanhuns, já mostrou uma vez que a história pode ser diferente. Quem sabe ele mesmo, ou alguém que lhe siga os passos, repita a façanha, apesar de tudo e de todos, que podem ter no "imparcial" agora em Brasília sua expressão mais grotesca e chocante.

Militares reunidos ao lado da igreja do bom Jesus. Aos pés de um deles, um cadáver.

Post Scriptum

Veredas

Estas páginas, que tecem a conclusão do caminho percorrido, carregam ao menos dois impactos de monta. O primeiro advém da recente visita que fiz ao vilarejo conselheirista, aliás, às suas cercanias, já que o território em que ele se constituiu se encontra submerso, alagado que foi pela construção do Açude Cocorobó. O segundo se me impõe pela evidente provocação e desobediência do TRF-4 (de novo ele) à decisão tomada naqueles dias pelo STF, para não só reiterar a ilegal condenação do presidente Lula como mais uma vez ampliar-lhe a pena, agora no malfadado caso do "sítio de Atibaia". Com o cenário manchado por mais esta agressão ao elementar do estado de direito, mirar os olhos *in loco*, no sertão mais seco e quente, donde emergiram barrancos de milho junto a um rio de leite e onde se viam abertas as portas celestiais, serve de bálsamo e alento. Inspira, no avesso do movimento que faz contorcerem-se as entranhas.

Éramos quatro: Taciana e eu, e um casal querido, Marília e Carlos André, diante de quem se iam descortinando, ainda antes que cruzássemos o velho Chico na altura de Paulo Afonso, já no agreste-sertão das Alagoas, as paisagens tão áridas quanto belas descritas nas páginas igualmente áridas e belas da parte I d'*Os sertões*. As interrogações e, no meu caso, as lembranças do que eram os lugares destinos desta viagem – havia estado lá duas vezes, há praticamente vinte anos –, se avolumavam quanto mais avançávamos no caminho.

Passamos por Jeremoabo, cidade em que deixamos uma rodovia e tomamos outra, na direção de Canudos. Mas as placas indicavam: seguíssemos em frente, rumo a Salvador, e nos depararíamos com outro município: Cícero Dantas. Nos tempos do Conselheiro, era chamado de Bom Conselho, e foi palco do primeiro embate com o ainda futuro "imparcial de Juazeiro". A mudança do nome se efetivou em 1905 pelo fato de ali haver falecido, dois anos antes, ninguém menos que Cícero Dantas Martins, o todo-poderoso barão de Jeremoabo, que teve o Conselheiro como inimigo por décadas, tudo fez para ver arrasado o Belo Monte e muito comemorou com seus companheiros de "coronelato" quando finalmente o Exército "deu conta do recado": "felizmente de Canudos só existe um montão de cinzas", escrever-lhe-ia um amigo, passado um mês do término da carnificina. Outro lhe daria os "parabéns pelo arrasamento de Canudos com a morte do Conselheiro". As marcas dos vitoriosos, ou de quem desta ou daquela forma se distancia dos vencidos, reescrevem a geografia regional: do outro lado de Canudos, à beira da BR-116, está nada menos que o município de Euclides da Cunha, que no século XIX se chamava Cumbe e era sede da paróquia a que o Belo Monte pertencia. Cícero Dantas de um lado, Euclides do outro, como que a pretender sufocar pela eternidade a memória do verdejante broto, um Belo Monte que teimou em se levantar e viabilizar... Estes nomes e outras referências indicavam: ainda hoje quem adentra aquela região que compõe o Raso da Catarina saiba que ingressa num terreno de memórias e narrativas entrecruzadas e conflitantes, em disputas, e não são poucos os indícios apontando que a poeira está longe de baixar.

Enfim chegamos, a Canudos. Que não paire confusão: esta Canudos é a terceira de mesmo nome. Primeiro houve a vila conhecida do Conselheiro ainda nos seus tempos de andarilho pelos sertões. Em 1893 ela foi rebatizada como Belo Monte, a partir da chegada de Antonio Maciel com a gente que o seguia, muito embora continuasse a ser chamada com o nome Canudos por praticamente todo o entorno, os inimigos do arraial e os poderes constituídos. Mesmo existindo, e porque existia, Belo Monte não podia existir, não podia ser mencionada: este nome era subversivo, a expressão da alternativa que se ousou edificar. Até que foi dizimado, a vila incendiada, em fins de 1897. Anos se passaram, não se sabe exatamente quantos, e de Canudos/Belo Monte só ficou o montão de cinzas já mencionado e celebrado pelo barão com seus apadrinhados. Mas uma década depois surgia uma nova Canudos, a segunda, sobre as ruínas do empreendimento anterior, feita por sobreviventes que retornavam tímida e receosamente ao local de onde haviam logrado escapar. Ela haveria de ser inundada pelas águas de um açude, o Cocorobó, pensado nos anos 1940 e de construção efetivada quase trinta anos depois. Assim, um povoado desaparecia pela guerra e pelo fogo; o outro, por águas que dão o que pensar, já que represadas justamente ali... A atual Canudos emerge de uma vila situada a pouco mais de dez quilômetros das anteriores, para a qual foram deslocados uns tantos habitantes da aldeia anterior, prestes a ser submergida.

Foi nesta Canudos que aportamos, para participar de relevante evento, a Feira Literária de Canudos (FLICAN), organizado pela operosa direção do campus avançado da Universidade Estadual da Bahia, ali sediado. Um evento que, ao reunir artistas, intelectuais e público interessado, da cidade, das imediações e mesmo de mais longe, se propôs a "aprofundar e difundir o legado da saga conselheirista". No propósito de homenagear duas figuras basilares quando o assunto é o Belo Monte, a saber, Antonio Conselheiro e Euclides da Cunha, a iniciativa trazia para o centro das discussões mais que o legado acima mencionado; evidenciava a disputa que ainda hoje se mostra aguerrida: mesmo na terra que foi a de seus últimos anos e a de seu empreendimento maior o Peregrino tem de concorrer com aquele que foi o algoz de sua figura, o disseminador de sua caricatura, para cujo delineamento, que se pretendeu "definitivo", contribuiu de forma poderosa com sua pena.

Na terceira Canudos o líder do Belo Monte dá nome a um memorial, também mantido pela universidade, em cujas dependências e entorno transcorreram praticamente todas as atividades da feira: debates, rodas de conversa, homenagens, depoimentos, eventos culturais. Na mesa que me coube compor com outros estudiosos dedicados a temáticas neste amplo espectro que vai de Antonio Maciel a Euclides percorrendo história, política, literatura, ciências sociais, entre outros campos, as muitas informações e intercâmbios eram atravessados por uma expectativa: o Belo Monte reemergir no lugar que foi o seu, pelo cuidado com o legado de sua gente, pela recuperação da portentosa palavra de seu líder.

Ao Conselheiro foi dedicada também uma estátua, nas cercanias da cidade: do alto de uma colina, é de um belo mirante que ele contempla as águas do açude que hoje mantêm submersas as ruínas da cidade que liderou e daquela reconstruída sobre os escombros da anterior. Pode também avistar as formosas colinas que circundam a lâmina d'água, uma das quais era associada por sua gente ao bíblico Sinai e terá inspirado Belo Monte, o nome impronunciável, que precisava ser silenciado pela reiteração do tradicional e desde então perenizado Canudos.

Foi possível ainda neste dia visitar a sede do Instituto Popular Memorial de Canudos, em cujas dependências – já foi dito – estão guardadas verdadeiras relíquias do povoado conselheirista, testemunhas do empreendimento, do dissenso que desembocou na guerra e das disputas que se seguiram a ela: a cruz, crivada por tantas balas, então postada no centro da praça em que se encontravam as igrejas da cidade; e as já tão citadas "madeiras da discórdia", enfim doadas, passado quase um século da conduta criminosa do "imparcial de Juazeiro", quase como num ritual de desagravo e de denúncia do irresponsável malfeito, de tão terríveis e tenebrosas consequências.

Mas o dia seguinte reservaria um impacto ainda maior a nós, os viajantes: a visita ao Parque Estadual de Canudos, também mantido pela já referida universidade. Inaugurado em 1986, sua área abrange todo o entorno daquele território que um dia foi a cidadela conselheirista; portanto, inclui também inúmeros sítios relacionados à guerra brutal que a dizimou. Trabalhos dedicadíssimos de investigação histórica e arqueológica vêm sendo feitos, inclusive contando com as implacáveis secas que acabam por baixar o nível das águas represadas, por vezes fazendo com que o solo do arraial desponte e ofereça ao olhar inúmeros artefatos referentes ao seu cotidiano. Identificam-se também modos pelos quais chegaram e se estabeleceram as tropas que combateram o povoado. Visitar lugar assim, carregado de vidas e lutas, embates e mortes, disputas e carnificinas, é daquelas experiências que não deveriam deixar de ser feitas. E o espírito há de avançar para além daquele do turismo: é preciso enfrentar o sol inclemente, dispor-se a muita poeira de um solo árido e cheio de vida, como o evidenciam os incontáveis bodes e cabras circulando e as variadas formas de vegetação que compõem o bioma caatinga.

Sim, a vida pulsou forte naquelas paragens improváveis, e hoje dá testemunho disso um trineto de conselheiristas, que vive no interior do parque, trabalha como guia e orienta os visitantes que chegam. Com sua amável recepção fui remetido, na memória, a inesquecível encontro ocorrido quase vinte anos antes com seu bisavô, o sr. João de Régis, filho de gente que teceu o Belo Monte, depoente de primeiríssima linha, generoso ao transmitir as histórias que desde pequeno ouvia a respeito da saga de seus antepassados no Belo Monte: uma terra em que correra um rio de leite, e cujos barrancos haviam sido de cuscuz de milho!

Com efeito, esta frase registrada no relatório assinado por frei João Evangelista não me saía da cabeça: como, em lugar radicalmente inóspito, em meio a tanta aridez e secura, fora possível montar-se cenário assim paradisíaco, comparável à terra prometida mencionada na Bíblia? Não podia parar de pensar no contraste entre o que meus olhos viam e o que era vislumbrado por aquela gente. Duas provocações me vieram da própria Bíblia, não como resposta, mas como alerta: a terra que em certo momento a gente hebreia passou a chamar de sua (ou melhor, de Javé, mas concedida como dádiva), é hoje objeto de vivíssimas disputas sendo fundamentalmente um deserto. E ainda: nas parábolas de improváveis desfechos que Jesus costumava contar, não poucas vezes ele as terminava com um "quem tem ouvidos para ouvir, ouça". Naquela oportunidade privilegiada em que meus pés pisavam aquele território havia muito mais a ver e ouvir do que meus olhos e ouvidos tinham condições de me apresentar...

É que não poderiam triunfar a má vontade do frei, que via no dizer conselheirista afronta ao enunciado contido no livro sagrado, e o cientificismo de Euclides, para quem o rio obviamente é de água, um elemento químico com propriedades bem conhecidas e definidas... Era preciso refazer a pergunta sobre as proveniências daquelas pessoas, as condições de extrema miséria e desamparo da qual tratavam de se livrar, inclusive para não dar voz e vez ao cinismo do barão de Jeremoabo, que escrevia, lamentoso, ignorar quais razões levavam a gente que trabalhava em suas fazendas a juntar seus poucos pertences para compartilhar no Belo Monte com o Conselheiro: poucos pertences, cara pálida! Por que tão poucos?... Se o Belo Monte suplantou minimamente a linha da miséria e saiu do mapa da fome, só mesmo rio de leite e barrancos de cuscuz de milho para dizê-lo. E as pessoas podiam conceber o futuro: criançada na escola, horizontes abertos inclusive para o além. Religião aberta, na contramão das observâncias estreitas definidas pelas institucionalidades: as curas de Manoel Quadrado fazendo a esperança e o conforto de tanta gente: só é possível mesmo imaginar...

E para fazer as perguntas se multiplicarem, sem qualquer descanso à mente e às ideias, os painéis de vidro, vigorosos, distribuídos em lugares marcantes justamente para os identificar, registrando mapas, reproduzindo fotos de sobreviventes e gravuras com figuras como a do Conselheiro, as posturas belicosas dos agentes da barbárie, ou ainda movimentações da gente conselheirista com suas cruzes e bandeiras. Sob o sol escaldante e um silêncio eloquente as respostas, no aguardo das perguntas sempre inquietantes. O espanto entretecido de admiração, ambos cedendo a cada vez que a brutalidade da guerra se estampava, pela referência nada sutil ao Vale da Morte, ou àquela que aponta para o Vale da Degola. A chegada de conterrâneos do Conselheiro, da cearense Quixeramobim, faz pensar na trajetória daquele homem, cuja viagem ali trataram de suspender; uma viagem que presidira em aliança com milhares de sertanejos como ele.

* * *

E a um turbilhão de impressões e sentimentos daqueles momentos da visita se somam aqueles do tempo da escrita; a confecção das linhas derradeiras deste livro ocorre sob mais um impacto, agora o da notícia de que a corregedoria da Polícia Militar do Estado de São Paulo considerou legal a atuação de alguns de seus agentes na ação da qual resultaram nove pessoas mortas, jovens moradores de uma das favelas mais populosas da Pauliceia, no que ficou conhecido como "massacre de Paraisópolis". Fico pensando que tenham adotado para o termo "legal" os dois sentidos mais imediatos que ele pode assumir...

Seja como for, esta corporação tem um histórico problemático quando o assunto são os direitos humanos... dos pobres. Mas a questão se agiganta quando se verifica o movimento para "normalizar" o desatino, com a cumplicidade vergonhosa do governo do estado e os aplausos nem um pouco disfarçados de vozes expressivas das elites locais, sedentas de sangue. Se a ação que resultou no massacre de Paraisópolis foi tomada por "legal" sem que tais faces se tenham ruborizado, o símbolo da corporação sustenta que se perpetrem atentados como este: afinal de contas, a PM de São Paulo tem em seu brasão de armas dezoito estrelas, representando eventos "marcantes" da sua história: por exemplo, uma delas celebra a dura repressão à greve de 1917, que havia paralisado vários estados do país; outra, a participação no golpe militar de 1964. Também combates a grupos indígenas são registrados. Com este rol de comemorações não será motivo de espanto que a oitava estrela celebre exatamente o envolvimento da corporação na guerra contra o Belo Monte...

Sim, a guerra, Antonio Conselheiro, sua gente. Todos ali no parque – de volta ao sertão de Canudos – de uma forma ou de outra registrados. Mas faltava ele, ou melhor, não faltava, porque sua presença deixa marca indelével no início e no termo da jornada. Com aquela página antológica quase ao final de seu livro,

Euclides recebe quem adentra o parque: "Canudos não se rendeu". E o texto prossegue: esmagamento completo, cinco mil soldados que rugiam raivosos perante quatro pessoas certamente esquálidas, mais mortas que vivas. A placa que registra este momento d'*Os sertões* está lá, na entrada do parque, junto ao belo portal que reproduz arco da igreja de santo Antonio, da segunda Canudos. Mas se encontra também no ponto final do percurso, quando, na beira do açude, a imaginação submerge em busca dos marcos do Belo Monte que não mais existem, incendiados que foram, alagados que se encontram. Resta a quem faz a visita resignar-se com a vista da lâmina d'água e, se contar com um lance de sorte vindo da poderosa seca, vislumbrar algo, por exemplo, do referido arco da igreja em sua parte superior: foi o que dessa vez pudemos ver, na companhia da página eloquente d'*Os sertões*.
Por outro lado, ela estava fazendo falta: a palavra conselheirista em seus vários timbres e acordes. Não só a do Conselheiro, porque testemunhos belomontenses os há, colhidos em boa parte, e ironicamente, pelo próprio Euclides, em trovas, cartas e profecias. Mas em particular a dele. Por que a visita a estes lugares tão densos de imaginações e fantasmas, que assombram e provocam, não poderia ser atravessada por outra página antológica, não apenas referente àquelas paragens desoladas, mas escrita em meio a elas, arrebentadas por tantos estopins e balas, regadas a sangue? Uma página em que o líder daquele lugar, abençoado para tanta gente e amaldiçoado pelo sadismo e pela truculência que não podem abrir brecha para a alternativa, se despede:

> *Praza aos céus que abundantes frutos produzam os conselhos que tendes ouvido; que ventura para vós se assim o praticardes; podeis, entretanto, estar certos de que a paz de Nosso Senhor Jesus Cristo,*

nossa luz e força, permanecerá em vosso espírito: Ele vos defenderá das misérias deste mundo; um dia alcançareis o prêmio que o Senhor tem preparado (se converter des sinceramente para Ele) que é a glória eterna.

Como não ficarei plenamente satisfeito sabendo da vossa conversão, por mim tão ardentemente desejada. Outra cousa, porém, não é de esperar de vós á vista do fervor e animação com que tendes concorrido para ouvirdes a palavra de Deus, o que é uma prova que atesta o vosso zelo religioso.

Antes de fazer-vos a minha despedida, peço-vos perdão se nos conselhos vos tenho ofendido. Conquanto em algumas ocasiões proferisse palavras excessivamente rígidas, combatendo a maldita república, repreendendo os vícios e movendo o coração ao santo temor e amor de Deus, todavia não concebam que eu nutrisse o mínimo desejo de macular a vossa reputação. Sim, o desejo que tenho da vossa salvação (que fala mais alto do que tudo quanto eu pudesse aqui deduzir) me forçou a proceder daquela maneira. Se, porém, se acham ressentidos de mim, peço-vos que me perdoeis pelo amor de Deus.

É chegado o momento para me despedir de vós; que pena, que sentimento tão vivo ocasiona esta despedida em minha alma, à vista do modo benévolo, generoso e caridoso com que me tendes tratado, penhorando-me assim, bastantemente! São estes os testemunhos que me fazem compreender quanto domina em vossos corações tão belo sentimento. Adeus povo, adeus aves, adeus árvores, adeus campos, aceitai a minha despedida, que bem demonstra as gratas recordações que levo de vós, que jamais se apagarão da lembrança deste peregrino, que aspira ansiosamente a vossa salvação e o bem da Igreja. Praza aos céus que tão ardente desejo seja correspondido com àquela conversão sincera que tanto deve cativar o vosso afeto.

O espírito de múltiplas faces que sustentou a empreitada do Belo Monte ainda está para ser mais ampla e adequadamente aquilatado. Recuperá-lo é imperioso, porque tropeçamos a cada hora em evidências de que ali se desvela muito do que perfaz nossa história e nossa constituição enquanto povo e nação, como por várias vezes procurei salientar. Pisar naquelas terras atravessadas de tantos eixos discursivos e de ação faz aumentar a indignação por ver concretizada a sina imposta à gente brasileira, estrangeira e exilada em sua própria terra, ao mesmo tempo em que se vê enxotada e descartada sempre que os lances do capital assim o determinam, inimiga que é e ameaça que representa à ordem que se teima em infligir a qualquer custo.

O registro soberano da palavra do Conselheiro é imperativo inescapável; não é suficiente considerar o tema a partir de sua dimensão bélica. Se não se encaram com seriedade as motivações da gente conselheirista e as significações que ela imprimiu em seus fazeres e saberes, se se entende que elas "não vêm ao caso", é possível produzir a mais deletéria minimização de que o Belo Monte continua a ser vítima: não são poucos os formadores da opinião pública, dentro e fora da universidade, à direita e mesmo em setores da esquerda, que se saem cinicamente com a tirada euclidiana que apela ao fanatismo generalizado que seria a marca daquela vila: "eles só queriam rezar, não pretendiam fazer política, daí o lamentável equívoco do *Brasil oficial*"; ou: "o misticismo conselheirista acabava por encobrir a consciência em relação às efetivas demandas da gente sertaneja"; ou ainda: "mais importante que a trajetória do Belo Monte foi a revelação de meandros importantes da política baiana e nacional que o episódio acabou por suscitar".

Ou seja, Antonio Conselheiro e a gente do Belo Monte ainda não foram considerados suficientemente na condição de sujeitos históricos; continuam a ser vistos o mais das vezes como vítimas da elite predatória, dos interesses escusos, da truculência oficial; ou seja, continuam a ser abordados pela via da arapuca montada por Euclides que, no subtítulo de sua obra, lhe definiu o efetivo eixo: a *campanha* militar que dizimou o arraial. A morte imposta a ele; não a vida que nele pulsou pujante, permeada de leite e cuscuz. Pisar o chão conselherista traz ainda mais à tona o quanto o Belo Monte continua refém da narrativa euclidiana e o quanto esta veio a mostrar-se conveniente e convergente ao mito que do Brasil vem sendo tecido faz quinhentos anos. Ficou-me ainda mais definida a constatação: *Os sertões* é um meio, cada vez menos decisivo, e não um fim, para acessar o Belo Monte.

Urge restituir a Antonio Conselheiro as significações de seu lugar diante do outro, de seu lugar no mundo, no laço social que foi o seu, de um si mesmo vastamente registrado com sua letra, que revela suas ideias, suas preocupações, assim como a articulação ética de seu ato produzida na inquietação e na indagação perene de um religioso devotado à palavra de Deus. Cada passo de sua odisseia tendo sido sopesado em vistas à própria salvação e a de sua gente, assim na terra como no céu. O que ele pretendeu para si e para sua gente fazendo efetivamente valer e acontecer foi certamente muito diferente daquilo que a pena de Euclides inscreveu na consciência da elite brasileira, e, desembocando, por este caminho, no massacre de Paraisópolis e na denúncia reiterada – até pelo presidente da República – de que o problema do Brasil é seu povo. Não é fácil livrar-se da "gaiola de ouro" em que Euclides meteu o Belo Monte, aliás, Canudos – a disputa pela nomenclatura já faz parte do processo de encapsulamento: José Calasans foi pioneiro nesta constatação, sem que tenha logrado livrar-se dele totalmente. E desgarrar-se de gaiolas derivadas parece ainda mais desafiador: afinal, ao longo do século XX não foram poucas as vezes em que "Canudos" soou ameaçador ao *Brasil oficial*; inúmeras invenções da gente brasileira resultou imperioso impedir que vingassem por medo de que "Canudos" se repetisse. Por outro lado, novas "Canudos" teimaram em se instalar em vários recantos do país: que o digam os tantos acampamentos de sem-terra e ocupações urbanas que levaram e levam o nome com que o Belo Monte de Antonio Conselheiro foi inscrito na história. É que, como diria o velho Rosa, "não tem cisma não. Pensa para diante"...

* * *

Ao final poderia ficar a sensação de que nada mudou. A denúncia das "mentiras de Euclides da Cunha" feita por Lula da Silva, capaz de enfurecer quem tome *Os sertões* por ícone intocável, pareceria confirmar a avaliação: *Fake News* ontem e hoje, lá e cá, *Brasil oficial* de sobrenomes que se mantêm avançando truculento sobre o *Brasil real* – que bem agradaria ao ministro da Fazenda qualificar como parasita; tudo pareceria indicar a sucessão inescapável de farsa e tragédia, nesta ordem ou vice-versa. Mas o recurso, feito por aquele jovem já passado dos setenta anos, à saga conselheirista não é apaziguador, nem sugere resignação: no tocante ao Belo Monte foram produzidos incontáveis cadáveres e descartes de esperanças mil para que nada se modificasse quanto ao "martírio secular da terra" e de sua gente no sertão. A tarefa do historiador é buscar aquilo que mudou, ou melhor, foi mudado para que nada mudasse. E ainda mais: se se quer uma história que faça jus a seus protagonistas anônimos ou silenciados, a tarefa é a de buscar as invenções destes sujeitos em saberes e fazeres radicalmente singulares, capazes de operar mudanças que não poucas vezes são atropeladas pela ação de forças que muito alteram para que tudo continue como sempre esteve. Traduzir-lhes as configurações, ecoar suas vozes, dar-lhes a palavra, apreender-lhes as significações. Tarefa desafiadora em termos tanto teórico-metodológicos como políticos.

Afinal de contas, têm absoluta razão e dramática atualidade os dizeres do *banner* que também se encontra afixado à entrada do Parque Estadual de Canudos: "essa história não pode morrer". A censura que "luminares" da Educação do estado de Rondônia impuseram a mais de quarenta títulos da literatura brasileira e internacional, e ainda à totalidade da obra de um Rubem Alves, alcançou Euclides da Cunha: escolas e bibliotecas públicas daquele estado deveriam recolhê-los – não devem mais, porque "pegou mal". Foi só mais um lance de sabor autenticamente obscurantista, risível se não fosse trágico, repetição atualizada de fogueiras devoradoras de livros na Idade Média, nos primórdios da Modernidade e, mais recentemente, na Alemanha de Hitler. Agora, do coração da Amazônia lavada pelo fogo irresponsável dos mandantes de plantão avulta este impensável *Index librorum prohibitorum*. Tempos sombrios estes, diria novamente Raduan Nassar, que não foi alcançado pelo corte enfim abortado, certamente pela ignorância que os iluminados de lá têm quanto a sua obra.

Mas vale atentar a um detalhe, que permite fechar estas páginas com a sensação de que os desafios para frente só fazem aumentar. Em relação a *Os sertões*, a operação censuradora revestiu-se de caráter particularmente cirúrgico, pelo que se depreende da escrita capenga do documento oficial: proibia-se a leitura, não da obra em seu todo, mas de sua parte III (ali erroneamente intitulada "Da luta"). Eis um ponto altamente sugestivo: o fatídico capítulo 4 da parte II, aquele que sustento ser o eixo que garante a coerência da obra, aquele que desanca o Conselheiro, e por extensão o empreendimento que ele liderou (capítulo 5), bem como a gente sertaneja, a despeito do elogio de sua fortaleza (capítulo 3), nada disso suscitou a sanha enfurecida dos torquemadas de agora! Mas a parte III é aquela em que, ao ter de descrever a tenacidade do povo do Conselheiro e a covardia truculenta das forças repressoras, Euclides se permite destilar mais extensamente as críticas ao Exército que deixara de fazer quando correspondente do jornal hoje golpista, à época autêntico fabricante de *Fake News*, como já se viu. Sobram também considerações bem pouco elogiosas às elites tão "cheirosas" quanto ensandecidas que, como em vertigem, despejaram sua fúria e seu ódio contra a gente que, viva, era achincalhada como fanática; e, morta, objeto de escárnio; quando muito, de dó. Bem, é desta parte "ameaçadora" d'*Os sertões* que foi recolhido aquele fragmento antológico sobre a destruição final do arraial conselheirista que hoje marca o início e o término do percurso no interior do Parque Estadual de Canudos. E consta que figuras destacadas da elite política e militar moveram não poucos esforços em vistas a impedir que fossem colocadas ali as placas que continham a passagem euclidiana. A truculência tem de continuar a passar em branco. Em nome da ordem como base, e do progresso para poucos como meta e a qualquer preço.

Mas a radical recuperação da memória do Belo Monte e de seu líder vai além do protesto contra esta arbitrariedade envolta em abuso e obscurantismo. Principalmente remete a outra preciosidade, também vilipendiada, submergida e soterrada por tantas poeiras, silenciamentos e omissões convenientes: o conjunto das lutas e invenções do povo brasileiro ao longo de sua história, nas variadas circunstâncias e paragens deste país continente, na diversidade que o caracteriza, por vida, dignidade e liberdade. Em seu meio a saga conselheirista ecoa como marco revelador, verdadeira chave de leitura. Mas esta é outra história. Quem não viu, convido a ver na cinematográfica Bacurau o recurso ao Belo Monte enquanto história e processo para pensar o Brasil em resistência e reação.

Notas e Indicações Bibliográficas

Ao longo do livro não fiz uso de notas de rodapé, em nome da fluência da leitura, embora tenha recorrido a inúmeras citações, sempre com as indicações básicas. É chegado o momento, então, de as completar; avanço pelos capítulos, sem repetir os títulos, que então aparecem aqui na ordem em que foram emergindo ao longo do texto. Registro que as fotografias encontradas ao longo do volume, com exceção da primeira e da quinta, são de autoria de Flávio de Barros, foram tiradas nos últimos dias da guerra e fazem parte de um acervo maior que se encontra hoje no Museu da República, Rio de Janeiro. Uma valiosa publicação as apresenta e comenta uma a uma: Cícero Antônio F. de Almeida (org.) *Canudos: imagens da guerra*. Rio de Janeiro: Museu da República / Lacerda, 1997. E ainda: boa parte dos argumentos aqui expostos aparece desenvolvida de forma mais detalhada em outro trabalho meu: *O Belo Monte de Antonio Conselheiro*: uma invenção "biblada" (Maceió: Edufal, 2015).

Apresentação
Euclides da Cunha. *Os sertões: campanha de Canudos*. Para esta obra há inúmeras edições; entre elas indico três, que oferecem subsídios valiosos de apoio à leitura: a preparada por Leopoldo Bernucci (São Paulo: Imprensa Oficial do Estado / Ateliê, 2001), aquela organizada por Walnice Nogueira Galvão (São Paulo: Ubu / Sesc, 2016) e ainda aquela pela qual André Bittencourt se responsabilizou (São Paulo: Companhia das Letras, 2019).
Jessé Souza. *A elite do atraso*: da escravidão a Bolsonaro. Rio de Janeiro: Estação Brasil, 2019.

1. Para ler o Belo Monte de Antonio Conselheiro
Odorico Tavares. *Canudos: 50 anos depois (1947)*. Salvador: Fundação Cultural do Estado, 1993.
José Calasans. *Quase Biografias de Jagunços: o séquito de Antonio Conselheiro*. Salvador: Centro de Estudos Baianos, 1986.
José Calasans. *Cartografia de Canudos*. 2 ed., Salvador: Assembleia Legislativa, 2019.
Nertan Macedo. *Memorial de Vilanova*. 2 ed., Rio de Janeiro / Brasília: Renes / Instituto Nacional de Livro, 1983.
Abelardo Montenegro. *Fanáticos e cangaceiros*. Fortaleza: Expressão Gráfica, 2011.
Rui Facó. *Cangaceiros e fanáticos*. 6 ed., Rio de Janeiro: Civilização Brasileira / Universidade Federal do Ceará, 1980.
Edmundo Moniz. *Canudos: a guerra social*. 2 ed., Rio de Janeiro: Elo, 1987.
José Rivair Macedo e Mário Maestri. *Belo Monte: uma história da guerra de Canudos*. 4 ed., São Paulo: Expressão Popular, 2004.
Consuelo Novais Sampaio. *Canudos: cartas para o barão*. São Paulo: Edusp, 1999.

Maria Isaura Pereira de Queiroz. *O messianismo no Brasil e no mundo*. 3 ed., São Paulo: Alfa-Ômega, 2003.
Ataliba Nogueira, *Antônio Conselheiro e Canudos: revisão histórica*. 3 ed., São Paulo: Atlas, 1997 (em seu interior se encontra transcrito o caderno manuscrito que Antonio Conselheiro "mandou subscrever": *Tempestades que se levantam no coração de Maria por ocasião do mistério da anunciação* [Belo Monte: 1897]).
Alexandre Otten. *"Só Deus é Grande": a mensagem religiosa de Antonio Conselheiro*. São Paulo: Loyola, 1990.
Alvim Martins Horcades. *Descrição de uma viagem a Canudos*. Salvador: Umpresa Gráfica da Bahia / UFBA, 1996.
Manoel Benício. *O rei dos jagunços: crônica histórica e de costumes sertanejos sobre os acontecimentos de Canudos*. In: Silvia Maria Azevedo. *O rei dos jagunços de Manoel Benício: entre a ficção e a história*. São Paulo: Edusp, 2003, p.39-330.
Euclides da Cunha. *Caderneta de campo*. São Paulo: Cultrix, 1975.
Eduardo Hoornaert. *Os anjos de Canudos: uma revisão histórica*. Petrópolis: Vozes, 1997.
Vicente Dobroruka. *Antonio Conselheiro: o beato endiabrado de Canudos*. Rio de Janeiro: Diadorim, 1997.
Dawid Danilo Bartelt. *Sertão, república e nação*. São Paulo: Edusp, 2009
Euclides da Cunha. *Diário de uma expedição*. São Paulo: Companhia das Letras, 2000.
O fragmento do jornal *O Estado de São Paulo* era de uma coluna, "Pela República", e foi recolhido por Maria de Lourdes Mônaco Janotti. *Os subversivos da República*. São Paulo: Brasiliense, 1986.
O *site* consagrado à vida e obra de José Calasans, e que disponibiliza algumas de suas obras, é: www.josecalasans.com.

2. Formação, cotidiano e aniquilamento do Belo Monte
Machado de Assis. *A semana*. W. M. Jackson: Rio de Janeiro / São Paulo / Porto Alegre, 1946, v.3 (veja coluna de 04/06/1893)
Edward P. Thompson. *Costumes em comum: ensaios sobre a cultura popular tradicional*. São Paulo: Companhia das Letras, 1998.
César Zama. *Libelo republicano acompanhado de comentários sobre a guerra de Canudos*. Salvador: Centro de Estudos Baianos, 1989.
Lélis Piedade (org.) *História e relatório do Comitê Patriótico da Bahia (1897-1901)*. 2 ed., Salvador: Portfolium, 2002.
João Evangelista de Monte Marciano. *Relatório apresentado, em 1895, pelo reverendo frei João Evangelista de Monte Marciano, ao arcebispado da Bahia, sobre Antonio Conselheiro e seu séquito no arraial dos Canudos*. Salvador: Centro de Estudos Baianos, 1987.
Maria Lúcia Felício Mascarenhas. *Rio de sangue e ribanceira de corpos*. Salvador: UFBA (Monografia em Antropologia), 1995.

3. A terra da promissão em vozes sertanejas
José Aras. *Sangue de irmãos*. Salvador: Museu do Bendegó, 1953.
Manuel Pedro das Dores Bombinho. *Canudos, história em versos*. São Paulo: Hedra / Imprensa Oficial do Estado / Edufscar, 2002.
José Calasans. *O ciclo folclórico do bom Jesus Conselheiro. Contribuição ao estudo da campanha de Canudos*. Salvador: Edufba, 2002.
Roger Bastide. *Brasil, terra de contrastes*. São Paulo: Difusão Europeia do Livro, 1959.
Quanto às cartas de conselheiristas: para a primeira, *Bahia de todos os fatos. Cenas da vida republicana (1889-1991)*. Salvador: Assembleia Legislativa, 1996; para a segunda,
Robert Levine. *O sertão prometido: o massacre de Canudos*. São Paulo: Edusp, 1995; para a terceira, Walnice Nogueira Galvão. *No calor da hora: a guerra de Canudos nos jornais*. 3 ed., São Paulo: Ática, 1994.

A fala sertaneja já no fim da guerra aparece registrada em Henrique Duque-Estrada de Macedo Soares. *A guerra de Canudos*. 3 ed., Rio de Janeiro: Philobiblion / Instituto Nacional do Livro, 1985.

4. A obra do "Peregrino": letra e voz
Para a expressão "homem biblado", com que o Conselheiro foi caracterizado por "um homem de Masseté", veja José Calasans. "Belo Monte resiste". In: *Revista da Bahia*. Salvador, 1997. n.22, p.10-21.
Manoel José Gonçalves Couto. *Missão abreviada para despertar os descuidados, converter os pecadores e sustentar os frutos das missões*. 9 ed., Porto: Casa de Sebastião. José Pereira, 1873.
Nuno Marques Pereira. *Compêndio narrativo do peregrino da América*. Rio de Janeiro: Academia Brasileira, 1939, v.1.
Antonio Vicente Mendes Maciel. *Apontamentos dos preceitos da divina lei de nosso Senhor Jesus Cristo, para a salvação dos homens*. Belo Monte: caderno manuscrito, 1895 (v.1 do box *Antonio Conselheiro por ele mesmo*, por mim organizado [São Paulo: É Realizações, 2017]).

5. A inviabilização do Belo Monte: o lugar da hierarquia católica
Pedro Lima Vasconcellos. *Missão de guerra: capuchinhos no Belo Monte de Antonio Conselheiro*. Maceió: Edufal, 2014.
O caderno em que frei João fazia os registros sumários das missões que realizava encontra-se no Arquivo do Convento da Piedade, situado no centro de Salvador.

6. Tessitura e contorções de uma escultura literária
Euclides da Cunha. *Poesia reunida*. São Paulo: Editora Unesp, 2009 (Francisco Foot Hardman e Leopoldo Bernucci, organizadores).

Nina Rodrigues. *As coletividades anormais.* Brasília: Senado Federal, 2006.

Ernest Renan. *Marco Aurélio e o fim do mundo antigo.* 2 ed., Porto: Lello, 1946.

7. A destruição do Belo Monte em nome da ordem e do progresso
Afonso Arinos. *Os jagunços.* 3 ed., Rio de Janeiro / Brasília: Philobiblion / Instituto Nacional do Livro, 1985.

Tzvetan Todorov. *A conquista da América: a questão do outro.* São Paulo: Martins Fontes, 1982.

A carta do papa Leão XIII dirigida aos bispos brasileiros, *Litteras a vobis*, pode ser encontrada no volume *Documentos de Leão XIII (1878-1903).* São Paulo: Paulus, 2005.

Ricardo Salles. *Nostalgia imperial: escravidão e formação da identidade nacional no Brasil do Segundo Reinado.* Rio de Janeiro: Editora Ponteio, 2013.

8. "A história não é aquela..."
A expressão a respeito das "mentiras de Euclides da Cunha" se encontra na entrevista que Lula concedeu a Florestan Fernandes Jr. e Monica Bérgamo, aos 26/04/2019.

A fala de Lula referida ao desembargador Thompson Flores eu a recolhi de http://www.folhapolitica.org/2018/01/lula-critica-antepassados-de.html (11/02/20).

As declarações do desembargador Thompson Flores podem ser encontradas em https://politica.estadao.com.br/noticias/geral,-sentenca-que-condenou-lula-vai-entrar-para-a-historia-diz-presidente-do-trf-4,70001925383 (15/02/2020).

O fragmento de Ariano Suassuna eu o encontrei em https://serhumanodeverdade.blogspot.com/2017/03/ (11/02/20).

A citação de Antonio Houaiss eu a recolhi da edição de *Os sertões* preparada por Walnice Nogueira Galvão, mencionada acima.

em pólen bold 90g/m2.
no verão 2020